徐 光 耀 战 争 小 品

河北大学出版社
·保定·

徐光耀◎著

向死而生

徐光耀战争小品

向死而生
——徐光耀战争小品

XIANG SI ER SHENG：xu guangyao zhanzheng xiaopin

徐光耀　著

出 版 人：朱文富
选题策划：邓一鸣
责任编辑：邓一鸣
装帧设计：傳薪BOOKs DESIGN
责任校对：刘景坤
责任印制：常　凯

图书在版编目（CIP）数据

向死而生：徐光耀战争小品 / 徐光耀著. -- 保定 ：河北大学出版社，2022.2
ISBN 978-7-5666-1638-8

Ⅰ. ①向… Ⅱ. ①徐… Ⅲ. ①小品文－作品集－中国－当代 Ⅳ. ①I267.3

中国版本图书馆CIP数据核字(2020)第024932号

出版发行：河北大学出版社
地址：保定市莲池区七一东路2666号　邮编：071000
电话：0312-5073033　0312-5073029
邮箱：hbdxcbs818@163.com　网址：www.hbdxcbs.com
经　　销：全国新华书店
印　　制：石家庄名伦印刷有限公司
幅面尺寸：143mm×200mm
印　　张：6.5
字　　数：120千字
版　　次：2022年2月第1版
印　　次：2022年2月第1次
书　　号：ISBN 978-7-5666-1638-8
定　　价：58.00元

小序

简短故事，轻松笑谈。向死而生，壮怀激烈。一如陈年之酒，历久愈香。事实尽出于无私奉献，感念无不是伟大牺牲，小中见大，同为不朽。

故事147则，皆出自农民、战士之口。以武装斗争为主，分为抗日、解放与抗美援朝三个时期。

录自真人之口，写于实有之事：肉是生肉，血是鲜血，真杀实砍，原汁原味，无一字伪托。

余年九十有三，无力扛笔，献出多年所积，或可以见一页先烈精神，添一点文坛风韵，是无憾矣。

徐光耀

2018年1月12日于石市

小　序

简短故事，轻松笑谈。向死而生，壮怀激烈。一如陈年之酒，历久弥香。事实尽出于无私奉献，感念无不是伟大牺牲，小中见大，同为不朽。

故事147段，皆出自农民、战士之口。以武装斗争为主，分为抗日、解放与抗美援朝三个时期。

录自真人之口，写于实有之乡：肉是生肉，血是鲜血，真杀实砍，原汁原味，无一字假托。

余年九十有三，无力扛笔，献出多年所积，或可颂一段先烈精神，添一点文坛风韵，是无憾矣。

徐光耀

2018年1月12日于石市

目　录

抗日战争时期

1. 阎王鼻子上打出溜 / 3
2. 一把“德国三眼” / 5
3. 拉着胡琴唱两口 / 7
4. “零件可不能缺了” / 8
5. 血洗之后 / 9
6. 忠臣、奸臣不能一例看待 / 10
7. 一对泥人 / 11
8. 大大槐 / 12
9. “八路军烧寨门来了！” / 13
10. “快抬我来啵……” / 14
11. 空城计 / 16
12. “下次不知该谁抱我了” / 17
13. 刚睡着 / 18

14. 典范的伏击 / 19
15. 偷听党的会议 / 21
16. “但自有口粥喝” / 22
17. 不知道大婶儿听见没有 / 23
18. 英魂附了体 / 24
19. 最爱哭的老罗 / 25
20. 被韩梁看破了 / 26
21. 已死在他肩上 / 27
22. 写日记 / 28
23. “那天我拾粪去了” / 29
24. “四宗宝” / 30
25. 找对象的“条件” / 31
26. “鸡腿” / 32
27. “坏三儿” / 33
28. 八路的“囚犯” / 34
29. 孙殿英请客 / 35
30. 拼死反得活 / 37
31. 干部花名册落入敌手 / 38

32. 抬沙子 / 39
33. 陈旭一声喊 / 40
34. 甩掉钟英 / 41
35. “碍不着射击” / 43
36. 二闺女 / 44
37. 大娘孤单一人 / 45
38. 挖地道 / 46
39. “反共誓约”一例 / 47
40. 机枪手 / 48
41. 杨桥之战 / 49
42. 开辟三区 / 51
43. 轿车赶翻了 / 52
44. 马德祥之死 / 53
45. 电台安在据点里 / 55
46. 报仇意愿 / 56
47. 叫他“认认规矩” / 57
48. 不能提前让人不痛快 / 58
49. 憋屈不住了 / 59

50. 给岗楼照相 / 60
51. 向着死爬去 / 61
52. 厌战顺口溜 / 62
53. 可笑的“音乐家” / 63
54. 他们为了同志 / 64
55. 脖子憋粗了 / 65
56. 随机一变 / 66
57. 沾两样光 / 67
58. 没说话，泪便下来了 / 68
59. 这也要哭吗？ / 69
60. 豆腐大妈 / 71
61. 把敌人打笑了 / 72
62. “我有两个拳头” / 73
63. “替她死了多好” / 74
64. 杨庄子有棵好枪 / 75
65. 目标是老日本鬼子 / 78
66. 善后 / 80
67. “不行，得打了他！” / 81

68. 公开信 / 83
69. 抓赌 / 84
70. 彩老挡 / 85
71. 人头包袱 / 86
72. 敌人压了顶 / 87
73. 火烧系井炮楼 / 88
74. 被俘团长白云峰 / 90
75. 真假缴枪 / 91
76. “千万别跑啊！” / 92
77. 负伤　养伤 / 94
78. 巧取文郎口 / 96
79. 束鹿战斗 / 98

解放战争和抗美援朝时期

80. 胜利后的痛悔 / 103
81. 刘子林谈鲁甸战斗 / 105
82. 攻打太原卧虎山（快板）/ 108
83. 打架 / 110

84. “赶赶尿包蛋” / 111
85. 往后都想干什么 / 112
86. 妇救会 / 113
87. “心眼儿多了也吃亏” / 115
88. 团长看见了 / 116
89. 小战士高文灿 / 117
90. 连长高成山 / 118
91. 捉俘虏 / 119
92. 过日子 / 120
93. 光荣岗位 / 121
94. 班长牛光瑞 / 122
95. 吃炒面 / 124
96. 大蛇 / 125
97. “给根烟抽” / 126
98. 打退十五次冲锋 / 127
99. 用石头打 / 129
100. 团长的看和听 / 130
101. “总以为你们是敌人呢” / 131

102. 小“腰包”／133
103. 幼儿园照片／135
104. 战场上想什么／136
105. “纸老虎”／137
106. 报酬／138
107. 金明照的理想／139
108. 超过爱情的眼光／141
109. 老洋相／143
110. 两头儿都趴在了地下／144
111. 军事干部说了算／145
112. 汽油烧遍山头／146
113. 大娘张基福／147
114. 过了五天／148
115. “我就是陈兆水！”／149
116. “他要啦！”／151
117. “我就是你的亲儿子！”／152
118. 切发为誓／153
119. “你还不快着逃跑？！”／154

120. 反而自救 / 155

121. “你再看咱那时的脸面！” / 156

122. 新兵打仗 / 157

123. “我们失败了” / 158

124. 一包湿透的烟卷 / 159

125. 俘虏跑掉了 / 160

126. 他可怜的人 / 161

127. 彭萼桃 / 162

128. 雪地上的大字 / 163

129. 走不下来的战场 / 164

130. 不怕死的不得死 / 166

131. 自己炸死了 / 167

132. 弱人当了指挥 / 168

133. 抓个傻俘虏 / 170

134. 得了四条经验 / 171

135. “比平时做科目还简单哩” / 173

136. 和敌人一起被扫死 / 175

137. “你敢？” / 176

138. 一脚踢活了 / 177
139. 用朝鲜话喊 / 178
140. 把迫击炮弹抱在怀里 / 180
141. “甭管我了！” / 182
142. 为什么没抓着活的 / 183
143. “新兵！冲吧！” / 184
144. 突然害怕了 / 185
145. “剪了太枉费！” / 186
146. 活的伤老美 / 187
147. 常青松树 / 189

抗日战争时期

1. 阎王鼻子上打出溜

县公安局的老靳，夜里摸进据点曹伍町，找见两面保长大楚，问他："能不能把炮楼上的伪军队长汤中庸叫出来，试着谈谈，'争取'一下？"

第二日，大楚上炮楼，私下跟汤中庸说："哥们儿，这些日子咱待得不错，我想请你出去吃顿饭，敢去不敢去？"汤中庸说："敢去怎么说，不敢去怎么说？"大楚说："不敢去，就不用说了；要敢去呢，我家离这儿不远，自己打的鲜鱼，我量儿不大，陪你四两，别的不敢说，我拿全家性命担保，有我的脑袋在，不能少你一根汗毛……"

于是约定了时间。

傍黑以后，就在大楚家炕上，公安局的老靳和汤中庸，面对面坐在炕桌两边，吃着，喝着，谈着，似乎很投机。最后，汤中庸应许：第三天半夜，把一个小队拉出来。

但汤中庸一回炮楼，就把实情报告了日军队长佐佐木。可大楚还什么都不知道，第二天炮楼上请他上楼问事，他就大大咧咧毫无准备地上去了。

一进门，就见佐佐木按着指挥刀说：“你家的，八路的有！”

大楚愣神也不打，就说：“没有！”

“没有？有人的报告了！”

“报告了也没有——我知道是谁报告的！”

“谁的报告的？”

“汤中庸队长报告的。太君，你可以杀我的头，但得让我把话说完。”

“你说！”

“昨儿汤队长上我家去了，他跟我借钱，我没有——就为这个！要说我家有八路，他为什么不逮住？我家就在炮楼底下，你也可以去搜嘛！……”

鬼子瞪着眼，犹疑起来，想了想说：“你的，先回去。”

大楚一到家，先把坐着月子的老婆和孩子打发走，随后拿了几件衣裳，也跑了。当夜，鬼子就把他家包围了，可已是空屋子冷炕。

曹伍町据点拔了以后，当街的艺人把这事编了一段鼓词，题目就叫《阎王鼻子上打出溜》。

2. 一把“德国三眼”

本来是去掏雄县的伪警察局，趴了半宿，内线没有出来。看看天就明了，邵队长下命令：“跑步撤出，日头冒红赶到流通庄。”

侦察员小沈跟着队伍跑了半截，嫌累得慌，就一个人掉队了。

他坐在南关公路边上，两边看看，想休息一下喘口气。可是，晨曦中来了一辆车子，车把上担着棵三八式，从城关嗖嗖地骑过来。小沈往起一站，迎着走上去，就在一擦肩的工夫，一膀子把那家伙扛到道沟里。

那家伙还挺横，爬起来说：“三八式里没子弹，你小子走不了！”小沈掏出盒子说：“这里头有一颗！”那家伙才跪在地下磕头，说大枪、车子全不要了，只求把车尾巴上的枕头还给他，那是给他妈上寿的礼物。小沈一想，不能信他，便骑上自行车，沿大堤一路西飞，早早就到了流通庄。

邵队长带着队伍也到了，在街上一点名，缺了小沈，嘟哝说：“这小子，又不知往哪儿闲打‘游击’去了……”可进屋一看，小沈在炕上睡着呢。“哎，你怎么这么快呀？”小沈说："骑车子来的，怎么不快。"打开枕头一看，里头一把"德国三眼"（一种很名贵的德国造盒子枪），外带四条子弹。后来才知道，这个骑车的家伙是去赵北口接伪警长的职的，三天前，那个警长让我们掏出来枪毙了，不想这家伙还未到任就丢了官。

3. 拉着胡琴唱两口

端村据点安上快两年了，梅花桩似的修着五个大炮楼，可村里仍住着八路军七十多个伤员，北街一趟街，家家有八路。

按村干部的安排，这趟街整个儿被保护起来，凡通往北街的街口，都叉死：胡同、过道，瞧着是活门，进去是死门；也有看着是死门，进去却是活门的，非熟人不知道。敌伪军满街串游，就是串不到那趟街上去。

有个叫杨黑儿的民兵，接到区上通知，说决定发给端村两棵手枪，让去领。大夏天，杨黑儿穿个单褂儿，到区里取了枪，插在后衣襟下面就回来了。刚刚走过炮楼，突然有个伪小队长在上头点手叫他：“嗨！杨黑儿，上来上来！”杨黑儿一见，跑是跑不了啦，死活先上去再说吧，就心里敲着小鼓，上了炮楼。

原来这伪小队长是个戏迷，听说杨黑儿会拉胡琴，特意叫上去，让他拉胡琴唱了两口，唱完，就放他下来了。走到背阴儿里，杨黑儿伸手摸摸后腰，两棵枪都汗津津的了。

4. “零件可不能缺了”

黄书元十四岁扛活，扛到十九，参加了八路军。已打过十几次仗，负过五次伤。

打徐水一个据点时，他冲到敌人枪眼外头，敌人的机枪咕咕咕还在打，他蹿上去把机枪扳倒了，使自己人顺利上房，可因机枪早已打红了，烫了他一手燎泡。

敌人终于支持不住，缴了枪。我们叫敌人把枪扔出来，排队往外走，最后出来个挎小撸子的伪官儿，黄书元问他：“你是什么干部？”他说：“我是连副。”黄说：“把撸子给我！”那家伙乖乖地给了。黄又说：“你们那挺机枪，刚才我可听见了，嘎嘎的打得挺好，这会儿，零件可不能缺了。”那家伙说：“不能不能！一个螺丝也不能缺。”黄说：“光说不行，你得打几发给我看看。”伪连副赶忙把机枪推上子弹，打了几发，果然非常好。黄书元高兴异常，这才说：“别害怕，八路军优待俘虏。”

黄书元五次负伤，都不曾下火线。人们问他：“你负伤了为什么老不下来？”他睁大眼睛说：“都不重嘛！”可他脑瓜顶上有白白的一溜沟，那是一次爬寨墙时，叫敌人的机枪扫的。

5. 血洗之后

唐县通往保定的公路旁，有个小小庄，民兵工作特别强，多少次敌人从这儿路过，都让他们炸死、打死许多人。敌人恨透了，发来大兵，见人就杀，见房就烧，连残垣断壁都推倒铲平，彻底来了个血洗！可这小小庄的人毫不屈服，剩下的人，青壮年加入民兵队，老少娃娃分散到四邻各村。他们在砖瓦缝里撒上高粱种子，把地面以下挖成战斗地道，把修枪造雷的小修械所也搬到地下去，照样给来来往往的鬼子以沉重打击。

小小庄的人都变了：原来不愿让儿子当民兵的，现在跟着到处埋地雷；住在外村的大娘、大婶，挎着篮子，提着瓦罐，给民兵送好吃的；在敌区有关系的人家，找伪军们拉关系，搜集他们的消息，偷买他们的子弹；姑娘们都把民兵小伙儿看作英雄，有事没事找他们唠嗑，跟他们吊膀子，有的还亲自参加战斗；小伙儿们扎着日本皮带，蹬着日本马靴，扛着三八大盖，到处走动，个个威风凛凛。

日本投降时，一队鬼子兵从唐县往保定偷撤，被他们截住猛打，居然缴获一门小钢炮、两挺机枪，还抓了三个活的。

6. 忠臣、奸臣不能一例看待

农民出身的老福根被敌人捉住了，审问时，敌人用棍子使劲打他，他默不作声，只在心里一下一下数那落在身上的棍子数，心说：你打吧，总有我报仇的一天，到时候，我也抡圆棍子，一加二地打你们!

在一次班务会上，指导员说："你这个思想有点农民意识，报仇还兴加倍呀？"他反驳说："咦，你怎么忘了？宋朝大奸臣潘仁美，把老令公的儿子杨七郎捉住，绑在芭蕉树上，射了一百单八箭，那是多惨！后来，杨六郎把潘仁美逮住，就扎他二百一十六枪，这叫天理报应。忠臣、奸臣，你不能一例看待！"

7. 一对泥人

革命干部尹志壮，被敌人绑赴刑场去处决。敌人还逼着据点里的群众夹道参观。尹志壮在人的“胡同”里从容往前走，突然妻子从人丛中钻出来，扑在他怀里泣不成声。他用胳膊肘把妻子的下巴颏托起来，慢慢地说：“以后，不必苦守，另拣个人吧。守节是老封建，故意为难妇女。人一去，就完了。我在地下真的眼见你为我吃苦，不是更加难受吗？”其妻悲痛欲绝，说不上话来。尹四围一看，对近处一个老头儿说：“老大伯，麻烦你搀她一下，她身子太弱。谢谢你了。”老头儿上来，忍着泪把他妻子搀开，完成这最后的诀别。

第二天，街里土地庙的神座上，出现了两个一尺左右的泥人，一男一女，并肩而立。一直立了几个月，无人触动，也不知作意为啥，作者为谁。

8. 大大槐

恶霸地主焦松，带一行汉奸队，从城里杀回来搞“倒算”。他领着人剿杀抗属，到一户户剿杀完了，最后把一位七十岁老太太推下坑去准备活埋，随后把她四岁的孙女也推下坑去。小孙女说：“奶奶，土迷了你的眼了。”老太太拍拍她说：“好好睡吧孩子，你大大（指八路）早晚要回来的。”

后来，这地方重新解放，活埋人的地点长起一棵小槐树，抗属们给它砌起一圈围墙，就叫它“大大槐”。

9. “八路军烧寨门来了！”

“五一大扫荡”之后，铜扣村安上了据点，敌人围着全村筑起土圩子，只留了四个寨门。鬼子伪军住在炮楼里。守寨门的是本村“保安团”，其实全是自己人，村支部暗中领导着他们。

四个寨门，隔不几天就着一把火，好不容易修好，过几天又烧了。“保安团”向皇军报告，都是八路干的，搅得日伪日夜不得安宁。

后来，敌人生了疑心。一次，一个叫四友的军曹，半夜带着一队人偷出圩子，化装成八路来叫门。“保安团”认出了他们，一面筛锣打鼓，呼喊说：“八路军烧寨门来了！小心防守！”一面派人到炮楼上报告。闹了半天，四友军曹始终不得进村。炮楼上没有办法，只好派人下来，把四友接回去。开寨门的时候，四友军曹对“保安团”非常感谢，说他们“大大地好”。

10. “快抬我来啵……”

雁翎队员长海，驾着一只小船，从赵北口内线关系那儿往回走，刚钻过十二连桥，突然碰见鬼子的大船，一下查住，马上被捆了起来。挨捆的时候，长海有意攥拳绷劲，到捆好了再一松，手指头恰好够得着绳扣，心说：等着吧，你个兔崽子!

敌船载着他直奔西田庄，路上，伪军队长说：“小家伙别怕，我们是杨部队儿（伪杨文凤部），不糟害中国人。”

长海说：“别跟我来这一套，敢当八路，就不怕死。”

“嘎，挺坚决啊！”

长海说：“谈不上坚决，要坚决早碰死了，你抓不了活的！”

敌人赌气不理他，他便暗暗把绳扣解了，只攥着一团绳子，仰天躺在船舱里。

船到西田庄，有民兵在房上放哨，发现了敌情，梆就一独撅。鬼子、伪军登时大乱。伪队长喊：“各船左右散开！把雁翎队围住了！他妈的快点！”长海见他们乱乱纷纷，两只鞋一甩，翻身跳下水去。

敌人喊声“跑啦！”，乒乒乓乓，又是机枪，又是步枪，照着水泡乱打。长海知道敌人必定开枪，水下一转身，又钻回船下来了。他计算敌人会驾着船追他，那么，他随着船靠近苇地，就有逃儿了。谁知敌人只打不动，他只好一个猛子扎出去半里远，刚一冒头，就听当的一枪，子弹离脑袋顶多半尺。他随着水花往水皮上一仰，挺住不动。敌人喊“打死了！”，就停止射击，划动船只来追。其实，长海是抓着身下荇菜蔓子慢慢往苇塘里“趁”呢，“趁”到苇塘近跟，才又一个猛子，脑袋耩着泥，扎出三十多弓去，钻了苇塘。他在苇塘连滚带蹦，又泅过六七道壕沟，终将敌人摆脱。每只脚都给苇子扎了七八个窟窿，双脚全扎烂了。

黄黑儿，他泅到下四庄子，刚爬上岸，就听一声“口令！”。长海听着耳熟，问：“你是石洛刚吧？”

“啊，长海呀？怎么还不过来！”

长海说“快抬我来啵……”，就晕过去了。

11. 空城计

上级布置下任务：各部队要普遍开展政治攻势，瓦解敌人的斗志、军心。5区小队一个班，八九个人，六七条枪，由副政委带着，半夜里包围了有三十多人的岗楼，喊应了，就隔着沟，给他们讲话“上课”。副政委把苏德战场讲完，还未及转向国内，伪军们忽而截住问道：“八路弟兄先别说啦，请问你们是哪一部分？”副政委答：“43区队。”43区队当时是分区主力，常打胜仗，威震敌胆，敌伪最为折服。伪军说：“好，既是43区队，就请把你们那机枪打两下，让我们听听！”区小队一下抓了瞎，从哪儿找机枪去？忙说：“嗐，咱是给你们讲形势来啦，打枪动武，那多不仗义呀！……”话未说完，就听伪军们叫道：“下去追他们啵！”吊桥绳子吱呀吱呀直响，区小队见势不妙，忙趁着月影儿撤了。

事后人们谈笑起来，议论说：“诸葛亮的‘空城计’也不是好使的。”

12. “下次不知该谁抱我了”

任丘的敌人要搞“反共誓约”示范，预先通知贾村：挖一个能埋三十人的大坑，就地等着。第二天，鬼子来了，二话不说，先把三十个人推进坑里埋掉，然后才给人们训话。老百姓全吓坏了。

可是，抗日政权仍动员各村按照两面政策坚持斗争，敌人要伕要粮，尽可能拖延不交，或少交。

村副和“联络员”受命上岗楼去办交涉：老百姓至少一半在挨饿，催粮食催出三条人命来了，请皇军宽限。一上岗楼，鬼子见粮食没送到，一字不问，一刀削下“联络员”的头，把脑袋往村副怀里一扔说：“抱回去！粮食的不交，统统这样！”

村副抱着脑袋往回走，用手拍着他的伙伴说：“去是咱俩就伴儿去的，回是我抱你回来，下次不知该谁抱我了……”

13. 刚睡着

“……我们轻轻地把门儿推开一看，敌人正七仰八叉地睡着呐，脑袋底下都枕着枪。我们可不敢客气，上去把枪一比，‘起来！八路军来啦！’敌人撅愣一下坐起来，全傻了眼。有一个家伙贴墙根躺着，仍然呼呼地睡得挺香。我过去把他一扒拉，‘八路军来啦！缴枪！’你猜他怎么说？‘唔唔唔，刚睡着了，你又来闹着玩儿！’……”

14. 典范的伏击

“五一大扫荡”已经两三个月，敌人穷搜狠剿，赶尽杀绝，以为“八路军连一根毛儿也没有了”！驻扎在桂家桥的鬼子小队，便逢集赶往护家池，同那儿的另一支鬼子小队联络感情，“强化治安”。

隐蔽在青纱帐里的31地区队，抓住敌人这个规律，要想法子治治他们。恰好，傍黑侦察员来报告，说初六这一集，敌人没有出来，并没有明显的原因。队长乾运清一琢磨，护家池的集是一、三、六、八，初六不来，初八肯定要来的，便在公路上选了个埋伏圈。

果然，初八一早，桂家桥的鬼子小队顺着新修的公路来了。他们两路纵队，打着膏药旗，扛着“歪把子”，放心大胆，旁若无人，一直撞进了埋伏圈。

鬼子兵果然训练有素，我们一开火，他们立马全体卧倒，匍匐在公路两旁的道沟里。而我们的伏击圈也绝，两挺机枪，恰恰对着那两条道沟，只见哗哗哗一通扫，满沟鬼子眼见得浑身冒红……

战斗总共打了不到十五分钟，三十二个鬼子只逃掉一个。还有个鬼子也想跑，给他的队长用指挥刀劈死了。

这是个干脆利落的歼灭战，称得上是打伏击的典范。我们只牺牲了一个人，就是特派员刘汉昆。他见敌人已被压进绝地，兴奋得跳起来，喊着口号正面直冲，不料挨了一枪。他当年二十三岁，献县人，高小毕业，是个很温和的小知识分子。

15. 偷听党的会议

小鬼王深，积极要求入党。支委说：“今天就开会，讨论一下吧。”小家伙等到支部开会，就溜到后窗根去听。有人说：“这小家伙家庭观念还比较重，一块钱的生活费，发到手就往家寄。这次发的恐怕又寄走了。”小家伙听得忍不住，从窗户上探进头去说：“你瞎说，这不，那块钱还在这儿呢！……”人们见他那样着急，笑着吓他说：“哈，了不得！你敢偷听党的会议！”小家伙又羞又臊地跑开了。

16. “但自有口粥喝”

牛青当村长，工作日夜不失闲，弄得家里揭不开锅了。区干部找他开会，叫一次不来，再叫还是不来。区长亲自去叫，来了。在会上，他对大家说：“你们无论如何得替我担待点儿，哪怕每人分着多做一点儿呢，也得腾给我一个月工夫，让我扫点儿硝土（一种能从土里熬出火硝的无本生意），就算大伙儿周济我啦。但自有口粥喝，我马上回来！”人们见他说得恳切，答应了。他带着老婆和两个闺女，彻夜连明，扫了一个月硝土，将就有口饭吃了，立马又把工作担当起来。

17. 不知道大婶儿听见没有

“瞪眼虎”负了伤，住在胖大婶儿家休养。胖大婶儿待他特别好：烧水洗脚，烙饼摊鸡蛋，细心护理，样样齐全。胖大婶儿有个小闺女，也很近乎他，日子不多就成了好朋友。后来，“瞪眼虎”鼓励这小闺女参军抗日，可胖大婶儿不依。他们俩计划了计划，就偷着跑了。

跑到半路，“瞪眼虎”忽然说：“坏了！大婶儿这会儿准咧着嘴哭呢！”一句话勾起小闺女的伤心，哭着不想走了。“瞪眼虎”劝了半天也不顶事，便说：“得，我送你回家吧，这么软弱，怎么行军打仗？”

小闺女不哭了，可又不愿意回家。“瞪眼虎”说：“你等着，我去给大婶儿送个信儿去，让她好好放心！”

他跑回村口，又愣住了：跟大婶儿怎么说呢？会不会挨她一顿骂？要写个信吧，自己不认字；托人捎句好听的吧，又怕叫人逮住……最后，他跑到大婶儿家门口，扯大嗓门儿喊了一句：“我们当八路去了！”喊完，回身就跑，也不知道大婶儿听见了没有。

18. 英魂附了体

敌人第二次血洗狼牙山的时候，有个老汉被敌人捉住了，一面打骂，一面逼他领路去挖八路军埋藏的物资。这老汉说声“走”，就领着鬼子，七拐八拐，爬上了一座高山，在一块悬崖上，停住了脚，指指下面说：“东西就在那里。”有个鬼子官儿伸头一看，他抱住那鬼子纵身一跳，二人一齐跌下万丈悬崖。

就在同一天，另一老汉带着鬼子去捉八路伤员。他故意踏到地雷上，跟敌人一块儿粉身碎骨。

人们说，狼牙山五壮士的英魂附了老汉们的体了，人人骨头特别硬。

19. 最爱哭的老罗

老伙夫罗成群五十多岁了，几次让他退伍，他都不干。

有人说他最爱哭，比方：看村剧团演戏，一枪把个日本鬼子打个大仰跤，他哭了；报上说，我们解放了曲阳城，他哭了；村里群众斗争汉奸恶霸毛杰三，最后把毛枪毙了，他又哭了……

可也有人说他不爱哭，例如，连长在战斗中牺牲了，追悼会上大家都哭，独他一个泪不掉。人们问他为什么，他说："人挨了欺负，肚里都有一口气，一哭，气就泄了。就像女人挨了打，哭一哭，什么事全化了。所以，当兵的不能哭，得把这股气憋着。"

据说，他身世苦得很，从不跟人说。冬天夜行军，山高雪大，他罗锅着腰，背着行军锅，从不要人换。一次，晕倒在五回岭上，醒过来，仍不许人搀他、换他。

20. 被韩梁看破了

抗战初期，八路军刚来，地方上十分混乱：地主武装、土匪武装、红枪会、大刀会、散兵游勇，各立旗号，称霸一方。所谓“主任遍天下，司令赛牛毛”，一片群雄割据局面。

党的政策是统一战线，八路军与所有这些武装都讲联合。有一次，土匪头子韩梁请八路支队的李文光吃馆子。李文光觉得不去不妥当，便约定时间，同韩梁下了馆子。正在吃喝，韩梁突然双手发颤，面如土色，央求说：“李主任，我老韩没有拿你当过外人，论交情，你叫我把枪放下，我当下就掏给你。何必这样呢？”李问：“怎么啦？”韩说：“你出去看看。”李出馆子一瞧，只见街角上、茶铺里、瓜摊旁边，都是自己警卫排的人，虽穿便衣，衣襟下都鼓鼓着短枪，全是暗中来保护他的。不料叫韩梁看破了。李便站在门口，高声大骂道：“他妈的！都是自家弟兄，不过吃顿饭，你们跟来干什么？还不给我滚回去！”

骂完之后，一部分人悄悄走了，另一部分却散在四处，仍然盯着。这件事不久，在韩梁正抽大烟的工夫，被另一股土匪堵了门，杀在炕上。李文光每当想起此事，便觉头发根子直立。

21. 已死在他肩上

赵兰贵负了重伤，赵有志背起他来往后撤，其时敌人正盯在背后，步步紧追，跑了没有几步，就跟部队失了联络，又跑出二三里，赵有志累得头昏眼花，一步三晃。赵兰贵怕连累他，劝他把自己丢下，免得白陪着牺牲。但赵有志坚决不肯，咬紧牙一直背他逃出了火线，在见到自己人时，才一口血喷在地上，昏厥过去。而赵兰贵呢，已死在他的肩上。

22. 写日记

除奸科文书小岳，十四岁，初小文化，喜做日记。一天，在日记上写："上午，领津贴费大洋一元。下午，买一毛钱花生，费去十分之一。"隔了两天，旅长王长江看了日记，笑他说："买一毛钱花生也记在日记上，你什么时候长大？"此后，小岳不记买花生了。

小岳还爱记行军路线，每次行军，都把所过村庄一一写在日记上。科长看见了，教训说："你这日记要叫敌人得了去，我们的活动规律就全暴露了。"小岳就把行军路线，单跨在月、日旁边。科长看了，还说不行，敌人很容易能猜出来。小岳很生气，但又不愿把村庄省略不记，于是把所驻村庄都编成暗号：大花生、小花生、胖花生、瘪花生、三豆花生、二豆花生、仁生果、炒卤香……不一而足。后来，王长江看了，惊奇地说："所有花生都可以吃，你买花生皮、花生蔓干什么？"

后来有人说："小岳为保密，不可谓不用心计，与'白云黄鹤'法，有异曲同工之妙呢。"

23. “那天我拾粪去了”

日本投降不久，国民党“接收”了各大城市及交通要道，根据地周围的敌占区，一下都成了“国统区”。一天，有位从“国统区”来到根据地的老乡，到处宣传一条消息，说：“美国人在日本放了个原子弹，咕咚一下子，全世界都听见了，吓得日本人赶紧投了降。”于是有个农民问他：“那咕咚一下子，你听见了吗？”他说：“没有，那天我不在家——拾粪去了。”

24. “四宗宝”

抗日时的部队中，曾流传一首顺口溜，道是：“八路军，四宗宝，推栓盒子摇腕表，甩水钢笔大破袄。”

盒子枪在击发之后，大栓登开，应自动推第二颗子弹上膛，才保证连发。可八路军的枪，因使用过久，弹簧松弛，已不能推子弹上膛，必须用手推它一下，子弹才能上膛。所以，称之为“推栓盒子”。

手表，八路军极为稀有，高干和指挥员们所戴，也大多残破老旧，常停停走走，所以得常常摇摇手腕，帮它走好，以至成为习惯，这就是“摇腕表”。

钢笔，那时所用墨水，大都是用颜料自制的，写时常常堵塞，所以写写甩甩，边写边甩，也成了习惯。

大破袄也称一“宝”，除了用它挡风御寒之外，夜间还兼做被褥，且不避脏臭，随意翻滚，若装作穷人去袭击敌人，尤为方便。

在残酷环境中自嘲，也是把开心的钥匙。

25. 找对象的“条件”

在根据地中，知识分子甚缺，知识女性尤少，从城市里来的女知识青年，往往成为情场上“争夺”的对象，于是有顺口溜为她们定了“条件”：年轻漂亮资格老，长征干部文化高。

这个“条件”很矛盾：年轻漂亮，资格就难“老”；长征干部一般地位较高，可文化水准较差。所以，那时冀中地区的女知青们，不少转去了延安。固然环境太残酷是个原因，而顺口溜也确非无聊之作。

26. “鸡腿”

1938年秋，我们连有个通信员，长得瘦骨伶仃，精瘦精瘦。人们给他起了个外号：“鸡腿”。有一次他和班长吵架，愤然说：“在你这儿干不了，我就回家，家里还有二斗红高粱哩！”

班里另有个战士叫李富贵，每当开玩笑就讥讽“鸡腿”：“我家还有二斗红高粱哩！”

其实，李富贵没有听懂“鸡腿”的话，而毛泽东，老早便听懂了，所以他打败了蒋介石。

当年深冬，“鸡腿”在肃宁失陷的战斗中，受伤被俘。日本鬼子架他上汽车，他挣扎踢腿，宁死不屈，被刺刀挑死。连队去收尸的时候，他的泪水已冻成冰柱，亮亮地闪在鼻洼里。

27. “坏三儿”

战士小李，十五六岁，时常发嘎，人们叫他“坏三儿”。在大官厅战斗中，他与敌人争抢一个坟头。看看敌人要占先，“坏三儿”急掏出手榴弹，不拉弦就甩了过去。敌见有炸弹飞来，急忙卧倒。“坏三儿”知道手榴弹未拉弦，一个冲刺，将坟头占领，使敌人陷入被动。

还有一次，与敌人打交手仗。对面奔过来一个彪形大汉，“坏三儿”料想拼不过他，便猛地睁圆大眼，喊道：“嗨！表哥，你也来啦！”那大汉一愣神，“坏三儿”一刀过去，刺穿了他的前胸。

几十年过去了，不再听见他的消息，可能成了高干。但每当看烈士碑上的名单时，总怕看到他的名字。

28. 八路的“囚犯”

交河人张瑞祯，抗日时活跃于大清河北，任新城某区税务所长。他眼神儿好，练得一手好枪法。一日，同区长葛某带十余人，去近敌区泗各庄执行任务，不意被新城出动之敌包围，撤退不及，乃上房据守。敌有一百余人，十倍于我，火力也很强。我方被逐渐压缩到一孤立高房，房下仅一磨棚。其时，我方已伤亡过半，情势至为危急。但因张瑞祯枪法百发百中，敌人伤亡也很大，再无人敢带头冲锋。

战至六小时，张瑞祯检视身边，仅剩三人，葛区长竟不知去向。渐近黄昏，恰有我区小队赶来，在村外鸣枪咆哮。敌见无取胜之望，乃仓皇撤走。张瑞祯见危险已过，从房上下至磨棚，却见葛区长把自己绑在磨杠上，动转不得。问他怎么回事。葛羞愧满面地说，倘敌人杀进来，他想冒充是八路军的囚犯，以免杀头云。

世态万相，假冒八路“囚犯”，免遭屠杀，不知算得上“智慧”否？

29. 孙殿英请客

1940年冬，国民党发动第一次反共高潮，引发了一连串战事。其中最大一场战役，即为豫北漳河两岸的“讨伐朱怀冰”。

朱怀冰带领蒋介石嫡系的一个军，其阵地与孙殿英的杂牌新五军相邻。朱怀冰声言向八路军“收复失地”，不断引起摩擦。战前，孙殿英曾与我方密约：只要我方不攻击他的部队，他将允许我之部队通过他的阵地前沿。但战斗开始，孙殿英临时变卦，不准我部队通过了，逼得我部队临时改道，以至误了时机，使朱怀冰部免遭全部被歼。

战役结束第三天，孙殿英突向我参战部队警备旅发函，“特邀一晤，略备薄酌”云云。旅长王长江和政委旷伏兆不知何意，甚是犹豫。副旅长张存实旧日曾与孙氏打过交道，分析说：“孙殿英是个老滑头，一脸麻子，一个麻子一个坑，一个坑一个心眼，他见我们消灭了朱怀冰，害怕了，现在套近乎，无非怕报复他，趁机会做做他的工作，还是必要的。”三人便一同去了。

果然，孙殿英十分热情，除了大摆筵席之外，还故意在饭桌上指令他的参谋长给鹿钟麟（孙的上司，战区司令）发电报，大意说，鹿存放于他防地的武器弹药，都在朱怀冰惹起的冲突中，被八路军抢走了，他自己军力单落，无法阻止，深表歉意云云。电报发出，他慷慨地赠送警备旅二十挺机枪、五十万发子弹，说："这都是鹿钟麟存在我这儿的，咱们国共合作吧。"

后来据情报得知：孙殿英趁"摩擦"之机，瞒哄鹿钟麟，私吞他的武器弹药，九倍于赠我之数。

30. 拼死反得活

1941年，我大清河根据地变质。日寇天天“拉网”，几乎村村有敌伪“清剿”。容城县我交通员张庆芳，危急中钻入一户伪军家属房中，其时敌人正满街乱串。他便抱了大堆毛柴，堆在房子中间，把手榴弹拉出弦，挂在上面，又持了三个手榴弹对伪军家属说：“你去报告鬼子吧，就说八路在这儿等他哩！”伪军家属傻愣半天，无法可想，只得把他安全地掩护到天黑。

31. 干部花名册落入敌手

西蒲町是我根据地的基干村，不幸被敌占为据点，又不幸在敌拆房时，拆出了村干部花名册。伪警备队王子和如获至宝，向村民大肆敲诈，声言如得不到满足，就将册子交给日本人。

当夜，游击小组一研究，觉得必须赶紧把王子和干掉。当即派了赵来子当自卫队（敌强制成立的武装组织）队员，凑到东街上与王子和一块站岗。

半夜，游击组长孟宪振和支委刘敬堂，每人背个草筐，来到东街口。王子和刚问一声："口令？"赵来子一蹿上去，将他拦腰一抱，孟、刘二人抢上来将他一枪打死。

赵来子忙又跑到伪警备队，报告说，八路军二十来人摸到村东口，打死了王子和，要求派人去追。伪警备队见天黑咕隆咚，知道追也没有用，只好把死尸收殓完事。

32. 抬沙子

某连韩连长，一向脾气暴躁，曾为此屡受批评。一日，吃小米干饭，咯嘣一声，一粒花生豆大小的沙子吐在桌子上，韩连长一边摸牙，一边大发雷霆说："去！把司务长和炊事班长叫了来！"司务长和炊事班长马上来了。他又叫："拿杠子和绳子去！"人们都怕了，以为他要捆人打人。到杠子和绳子都拿来了，韩连长才指着桌上说："快！把沙子给我抬出去！"弄得人们哈哈一阵大笑。

33. 陈旭一声喊

1941年春天，安次县委组织部长陈旭，住在某村一家，忽来大群伪军逐户搜查。陈旭跑不及，就躲进套间装病。伪小队长来了，问套间里是什么人。房东说：“我家的病人，太脏，别进去。”伪小队长还是一挑帘子进去了。陈旭迎面就是一枪，恰恰子弹是臭的，未响。伪小队长用枪顶住他的脑门，问：“看鞋就知道你是八路，快说，是干什么的？”陈旭说：“我就是你们天天找的陈旭！你要有良心，就交个朋友；要升官发财，把我交给鬼子去吧！”伪小队长见他骨头这么硬，极为震撼，便派个岗哨在门口，说是他的亲戚，不许外人进来。从此以往，他不断与我方来往，渐渐地还送出情报来。

34. 甩掉钟英

1943年春节，定县伪警察所长钟英，借与我方“有关系”之名，常派人送信出来，变相要钱。今天“妹妹出阁，请吃喜酒”；明天“儿子满月，敬请光临”……交通站没有这么多钱陪他，也觉得他这“关系”价值不大，不想叫他“拿住”，可又怕一旦“关系破裂”，让房东段家受牵连，便想出个招数。

一天，尤亚民突接一信，说站上的霍兆麟与敌交手，不幸牺牲了，便伪装伤心，抱头大哭。房东段大娘，信以为实，跟着大哭不已。由是决定：交通站暂时撤回山区，进行整顿。便将交通站转移到另一村庄，以断掉与钟英的联系。

但段大娘仍为霍兆麟日夜悲伤，并常带着孩子到野外烧香祭奠。尤亚民与霍兆麟二人眼见新年将近，怎能让大娘如此过年，便冒着寒风，半夜翻墙来到大娘家，用舌尖舔破窗纸一看，大娘仍在哭泣。小尤便叫开门，把霍兆麟朝她一推说：“大娘你看，这不好好儿的吗？”大娘先是一惊，接着流泪抚着小霍身子说：

“到底打着了哪里？还疼不？”小霍禁不住热泪滚滚说：“我没有负伤，是诈哄伪军的！……”大娘仍不信，疑是做梦，直到咬破了手指，才破涕为笑。

35. “碍不着射击”

献交大队队长刘培基，作战打伤左眼，做了眼球摘除手术。手术时没有麻药，疼得他手抓炕沿，指甲抠进木头里去，却不喊一声疼。术罢，他爬起来，擦擦汗，取过一根棍子顺在右眼上瞄着，说：“行，碍不着射击。”

36. 二闺女

安国县妇女干部唐俊茹，“五一大扫荡”时逃到深泽县铁杆村。恰又遇着第二次“扫荡”。有位大娘拉住她说：“别瞎跑咧，你就是我二闺女。我大闺女叫金翠，你就叫银翠吧。”当时唐俊茹十八岁。大娘用灰土把她脸抹得黑黑的，又让她穿上件掩襟大褂子，腰里塞上棉花套子，装着怀孕了。

鬼子来了，刚一见面，就要拉唐俊茹走。大娘说：“你们有人性不？没见我闺女肚子大啦！”死拽着唐不放。鬼子照她脸上重重地戳了一枪托，一块肉马上飞起来，露出白碜碜的骨头。可大娘抱住唐俊茹就是不撒手。后来，第二批、第三批鬼子又来了。大娘就飞飞着脸上的肉，把血蹭在唐的脸上，两个人红乎乎成了一对血人，终于把唐救了下来。

37. 大娘孤单一人

南冯郝大娘之子高偏，在战斗中英勇牺牲，可他娘还不知道。安新四区妇救主任林秀芳，受组织委托，到郝家做善后慰问。

林秀芳一进门，见大娘茕茕孑立，孤单一人，心上一酸，只叫得一声“大娘”，便失声痛哭起来。郝大娘见此情景，便猜到儿子出了意外。她忍住悲痛，拉住林秀芳的手说：“闺女别哭，我全明白了！他死了，你们活着就好！一样能打败鬼子！”

38. 挖地道

刘九胜大娘是堡垒户，已商量好在她家挖地道。第二天，恰好鬼子“扫荡”过来，愣把大娘家叫小梅的姑娘，泼上满身黑油，问她谁家藏着八路军。小梅连说“不知道”，最终被鬼子点着火，烧死了。九胜老人亲眼看着这些，却没有悲伤，反而说：“你们在哪里挖，挖多大洞都可以。鬼子打不走，穷富都不得安生，人财也保不住。”于是在她家挖了秘密洞，后又改成连环洞。但因没有经验，雨水灌进了气眼，弄得塌了五六间房。干部怕她心疼，劝说：“忍一忍吧，打走了鬼子咱们盖新的，您千万别上火……”她说：“看你说的！我明白着呢，有人就有房，什么东西都是人制的。我不心疼这个！弄好了，你们只管接着挖！……”

39. “反共誓约”一例

日寇在任丘搞了个“反共誓约”运动试点，下面是其“运动”的例子之一。

敌酋山崎和恒尾通知各村村长开会，每村必须去两人，共到三十六名村长。敌队长小九保把所有村长押到鄚州镇东的荒地上，命令每两个人挖一个土坑。

土坑挖成，又下命令说：“两个人中必须活埋一个，你们自己去商量，否则就全部杀掉。”王约村长李凤章和王其敏合计，凤章说：“我有三个儿子，两个闺女；其敏你刚结婚，没后代。你埋我吧。”其敏忙说：“千万不能！你拉家带口，担子很重，你一死，孩子们怎么办？我一死，老婆改嫁就完了！”凤章见其敏说不服，抢先跳下坑去，恳求说：“其敏，好兄弟，下土吧！”其敏不肯，小九保过来把刀架在他脖子上。其敏含泪埋了李凤章。

这一次，共活埋十八名村长。

敌人走后，乡亲们赶快挖，救活了十二名。李凤章一被背回家，立刻让大儿子参加了八路军。

40. 机枪手

“五一大扫荡”中，机枪手李麟被冲散。他到处寻找部队，不但找不见，而且发现村村有敌人，只得一个人抱着“歪把子”，藏在野洼麦垄里，饿了，搓点麦仁吃；渴了，找个土坑子喝点泥水。如此过了二十多天，到老乡们发现他时，已经没了人形，只见一根棍上长着两只眼睛。

41. 杨桥之战

李忠玉带一个连在高（阳）保（定）公路两侧活动。因该地区已为敌人所蚕食，对敌伪往来相当麻痹。一夜，李忠玉摸到杨桥他姐家，打听清了情况，知道每天九点左右，总有从保定开往高阳的敌寇汽车。

第二天，李忠玉让全连都换上伪军衣服，自己则挎上洋刀，拉着洋狗。拂晓前他们把杨桥包围，宣称村里有八路，警备队“讨伐”来了。伪保长赶紧迎出来说：“谁不知道我姓蒋的，向来最忠实皇军。”并忙预备饭，邀请李队长先上他家喝水。李跟他到家刚喝了几口茶，看看九点，传令兵跑来报告，说有三辆汽车快到了。李忠玉刚说去迎接，却猛地肚子疼起来，疼得满炕打滚儿。慌得保长忙叫人各处去找药。

一会儿，三辆满载敌伪军的汽车到了村口，咱们两名站岗的把日本旗一摆，让他们停在村沿。这时，李忠玉坐着洋车，一面“哎哟”，一面奔过来喊着：“不行，受不了啦，得让我跟车到高阳去。”一连的战士就跟在他后面，到了汽车跟前。洋车停在浅水沟沟沿，李忠玉一面捂着肚子，一面跟汽车上下来的两个鬼子搭话，说自己是高阳的警备中队长，得了急症，得跟车一块回去。两个鬼子刚一犹豫，李忠玉拔出手枪，当的先“敲”了一个，随即一翻身滚下沟去。战士们早已围成月牙形，一阵手榴弹过去，乒乓扑哧，把三辆汽车消灭个干净，一个也不曾跑掉。事后得知，除两名鬼子外，其余尽是保定军官学校毕业生，分到高阳去就职的。

解决战斗后，李忠玉带着队伍从封锁沟上一个岗楼底下经过，楼上的伪军都持枪注目，对他们目迎目送。

42. 开辟三区

蠡县三区，是敌人最疯狂的地区，但群众条件好，一心只盼着八路军。可惜地形太不利：给两道河夹着，周围尽是岗楼。敌人有规定：一处枪响，四处增援。我们部队曾几次吃亏，很难杀进去。

李忠玉和他的首长一商量，想了个古怪的打法：前头十几个穿便衣的八路军，连蹿带蹦地满地乱跑，后头是“日本大队”，又是车子又是马，遍地追着兜抄。河堤上的大岗楼一见，忙放下吊桥，拉着队伍帮忙追赶。不想有支“鬼子”分队，趁势上了他们的岗楼。留守的几个家伙白着眼被“解决”，出去帮着追赶的队伍回来了，也整队地当了俘虏。

另有几处一听枪响就增援的伪军，都吃了预先备好的埋伏，被打得落花流水。只有一只懒惰的分队，因下雨没有出来，才得幸免。从此以后，再有枪响的地方谁也不敢增援了，蠡县三区，很快又开辟出来。

43. 轿车赶翻了

李忠玉也倒过一次霉：有一次化袭岗楼，原想化装成娶亲的轿车，趁在岗楼下经过时，猛然从轿中跳出，打敌人个冷不防。不想赶车的临阵慌促，在岗楼沟口拐弯太急，把轿车赶翻了，翻到了大沟里头。藏着的战士都骨碌出来。伪军一见，慌得连忙打枪。李忠玉见势不妙，就把全连都轰上去，支起机枪，架上小炮，大声骂道："楼上的听着，我是李忠玉！别他妈的给脸不要脸！我是怕你们误会，才化装由此经过，你们瞎他妈打枪，惹恼了我，看把你王八窝端了！"吓得伪军果真不敢打枪了。部队乃安全地撤了下来。

从这以后，李忠玉给自己立个规矩：凡给伪军喊话，必把自己的名字亮在前头。

44. 马德祥之死

马德祥特别能打仗。他带一个连，一周内连打几个胜仗，开辟出三个新区，老百姓称他为“闪电将军”。

可是，马德祥也存在很多缺点：自由傲慢、自高自大、违反政策、不遵纪律。有一回，一仗下来抓了一群俘虏。马德祥瞧见其中有个镶金牙的家伙，长得皮肤白嫩，眉眼风流。他一摆手，叫别的俘虏先走，单把那个家伙叫住，说“跟他有话说”。大家便觉得有点事出不妙。过了一阵，部队已走出老远，才见他一个人追上来。人们问：“那个俘虏呢？”他说：“放了！”可大家心里都清楚，那家伙一准放到阎王爷那里去了。

还有一回，他跟县公安局长住在一块儿，各住一明两暗里的一间。他待了半天，不见公安局长来看他，心里便有点儿憋气。于是主动走进西间，见公安局长正半仰在炕上读文件。公安局长见了他也没把身子坐直，说：“连长啊，坐下吧。”他愣着不言声。公安局长又说：“连长贵姓啊？”马德祥一听，他连自己姓啥都不知道，便把脖子一扭，走了出来，心里说：他连我马德祥都不知道，故意的吧？为此，越想越气。后来，有一回听说该局长单独住在一家，便悄悄爬上房去，厉声喊道：“皇军压顶了！屋里的八路缴枪！”结果喊了半天，该局长就是不缴。他没有办法，只好偷偷溜走。事后人们知道了，问他这是干什么。他说：“我想鉴定鉴定他。”

这件事，终于让分区知道了，便写信调他回分区。他知道回去要受处分，跟人说：“处分也就是当个副连长，还不如我将功折罪呢！”便拿着信，拉着队伍，到处找仗打去了。

马德祥最后战死是这样的。村干部向他报告，说：“敌人出动了，你们快走吧。”马问：“敌人有多少？”答说：“总有三五百吧。”马说：“三五百还叫个情况，去你的！”——过去有一次，他和一千多敌人打了一天半夜，不但没有叫敌人吃掉，突围时还搞了敌人几条枪——这一次，他又陷入敌人重围，在敌人冲锋时，他发起反冲锋，提把马刀，与敌明杀对砍。虽然狠命冲杀，最终战死。

尽管他打仗又狠又恶，像个野人，但他死后，老百姓仍为他烧香上供，衷心凭吊这位“闪电将军”。

45. 电台安在据点里

冀中10分区政委旷伏兆，在环境最残酷的时候，把电台安在了敌人据点里，天天有伪军给站岗放哨，倒像是据点专为我们安的一样。

一夜，有个伪军班长酒后撒疯，误把我们一个侦察员打死了。旷伏兆大为恼火，向据点要这个伪班长。伪班长哭哭啼啼，不敢出来。伪军队长就把他五花大绑绑了，半夜里送出来。旷伏兆命人写一张布告，宣布该班长认贼作父，残害民众，决定枪毙，并把布告撒遍了大小城镇。

46. 报仇意愿

小队长李世昌，在上次打四芝兰据点时，因指挥失误，使小队遭受损失，受到党内警告处分。这次大队一下攻打四芝兰的命令，李世昌就“狠”上劲了：抱定必死决心，大干一场，以图报仇雪恨。战前，他把柔韧的皮带给班长王忠扎上，把“派勒蒙”钢笔装进战士樊宏的口袋，把一块十七钻手表给副队长李志坚戴在手腕上，对他们说：“我死了，这就是你们的；我不死，再从战斗中得去！”话很决绝。

这事给政委知道了，忙找他谈话：“要报仇，先计划怎么去死。打死了，还报什么仇？再说，光你自己傻大胆，让战士们也跟着莽撞瞎碰，丧失了性命，就更违背你报仇的意愿了！这件事，你得从新考虑……”

李世昌被说服了，便对作战方案小心思谋，作了精心规划。但战斗开始，仍是他第一个冲进了敌人的外壕沟……

47. 叫他“认认规矩”

赵寅虎说：“在82团时，我犯了一次军阀主义。有个侦察员，跟我是一个村的。我俩小时候就像哥儿们，亲得不行。在侦通连，我当连长，他当侦察员。有一天，我得着‘情报’，说他私自回家了，还说是我允许的。我就给我们村写信，让把他捆了送来。村里就派了民兵捆他。他说：‘别捆啦，我保证回去。’就骑车子又回到连里。我一见他就问：‘吃饭啦？’他说：‘没哩。’我说：‘没哩，吃吧。’吃完了，我说：‘老弟，你得去认认规矩。’他说：‘认什么规矩？’我就叫人把他捆起来，吊在房梁上。侦察员呼啦来了一大群，乱讲情，说：‘念他没有功劳，还有苦劳，饶过这次吧……’我说：‘你们净放烟幕弹，我要不把他吊起来，你们保证不满意，说我护着他。’人们说：‘放下来吧，我们满意啦。’放下来也就抽袋烟的工夫，我这老乡就又找我来了，说：‘连长，我给你捎了袜底儿来了。’弄得我哭笑不得。后来，他家里人朝我父亲告状，说我捆了他了。我一回家，父亲就把我好骂一顿。”

48. 不能提前让人不痛快

王善宝、李相琪、赵波几个侦察员，夜里睡不着觉，偷着推牌九（一种赌博工具）。到半夜的时候，队长郑少臣发觉了，就先咳嗽一声，然后进了屋子。王善宝听见咳嗽，早把牌九藏在褥子底下。郑少臣问："怎么还不睡呀？"赵波说："迷糊了一会儿，老是睡不着。"郑又问:"怎么眼都红了？"李相琪说："喝水少，上火了呗。"郑说："天不早了，还是睡会儿吧。"走了。

侦察员们睡了大半天，下午，吹哨子集合。郑少臣传下命令，天傍黑去摸大西张岗楼，同志们要奋勇作战……

大西张岗楼很顺利地拿下来了。第二天，郑少臣把赵波叫了去个别谈话，批评他带头"耍钱"，很不对。到赵波承认"耍钱"了，又要求他在队前检讨错误。赵波没得可说，只得应承。这才开大会，把三个侦察员批评了一顿——在执行战斗任务前，郑少臣不让人心里不痛快。

49. 憋屈不住了

“五一大扫荡”过后，敌人安得遍地是据点，伪军、特务们随便到各村抓人要粮，横糟了竖糟，“联络员”不敢调皮。这样过了三个月，可把人憋屈坏了。后来跟党接上头，就学着治治敌人的法子。一天，中送村的民兵取出埋着的大枪，浇上煤油擦好，又买了两挂浒州鞭，便各村约齐，半夜里围了据点伍仁桥。先打三枪，又在煤油桶里放了一挂鞭。“联络员”便到岗楼上报告：“八路大大的！”起初，敌人放下吊桥，要下来。随后别村的“联络员”也跑来，都说：“八路大大的！”这才把敌人吓住。

此后，人们抗争的胆子越来越大，又练着去扒敌人的电线。扒电线，竹竿上绑把飞快的镰刀，使巧劲一拽，电线就断在地上，自动地一圈一圈卷起来，人们背上就走。有一次，白天去割。割完，一个人去给敌人报告，另一个就把自己绑在电线杆子上，到敌人来查，就说八路把电线割完，把人绑在了这里。敌人白瞪着眼，一点办法也没有。

50. 给岗楼照相

有一次“联络员”带着军区的摄影干事，到据点里去照相。不防他们的行动叫另一个岗楼看见了。照完，刚出岗楼，伪小队长就大声喊叫着往回叫他们。“联络员”悄声告诉摄影干事：“走你的，只要不开枪，连头也别回。他要开枪，你就奔前边村里跑。”说罢，自己回了岗楼。伪小队长见他就大发脾气：“那个人为什么不回来？”“联络员”说：“我来了就行了呗，干吗非得俩人？”伪小队长仍是大骂不休。他就靠近伪小队长说：“瘪住（没了钱花的意思）了你就说话，往咱家拿去。咱哥儿们多年了，别听别人瞎挑唆！”说得伪小队长消了气，蒙混过去了。

51. 向着死爬去

在火线上，子弹飞得这样密，空中子弹会互相顶牛。一点钟是六十分，一分钟是六十秒，每秒钟有一百次牺牲的机会。可战士们都迎着枪声往前跑，这是为什么呢?

赵羊观血战中，战士们都牺牲了，在一位烈士的尸身下，却发现了三条枪。就是说，这位同志知道自己要牺牲，知道敌人会踏上他的尸身来，可他却挣出最后一口气，把武器藏在身下，免得叫敌人拿走。这种临死还在藏武器的精神，又是为什么呢?

知道要死，却还要朝着死爬去；

知道要死，却做着死后的事情。

这就是人民英雄的本色，是我们民族精神的支柱啊!

52. 厌战顺口溜

1941年，根据地施行统一累进税的时候，部队中一部分人滋生了厌战情绪，编了首顺口溜：十亩地，一处宅儿，一个老婆两个孩儿，职业是个小教员儿，经常跑跑村剧团儿。

意思是：一个老婆两个孩子，连自己恰是四口人，统一累进税规定每人一个免征点，不但够吃，还不该拿“差”（出公粮）；一处宅子，够住就满足了；当个小学校教员，按规定不出“伕”，不但免了战地勤务，还可赚出闲暇，时常跑跑村剧团，有男有女，有歌有舞，生活会是十分滋润的。

53. 可笑的“音乐家”

某文工队有位“音乐家”，架子摆得很大，自视颇高。有一回，随大家为农民服务，他自告奋勇单独拉琴。农民们听说来了洋玩意儿，拥来一大群，还特意借来一张凳子，欢迎他蹬上去表演。这位“音乐家”颇受鼓舞，蹬上去大拉起来。那曲子吱吱哇哇，又臭又长。农民们一个个散去，最后，他面前只剩了一个人，直呆呆对他听着。

可“音乐家”并不丧气，以为有一个知音也是好的。俞伯牙不是也只有一个知音吗？拉完，他感谢那个老乡说：“怎么唯有你听懂了我的艺术呢？”那农民指指他脚下道：“先生，这凳子是我的。”

54. 他们为了同志

一队人马过黄河，在河心，船破，十几人同时落入激流。水性好的崇前同志，拼命游水，救了两人上岸。当他再次下水时，不幸被两个溺水的人同时抓住两臂，使他无法划水，竟一块儿牺牲了——他为了同志。

王震将军率队被困在八面山中，在突围时，一下子误入敌群，一枚手榴弹就落在王震身边。在此危急万分时，忽跳来一名通信员，扑身盖住了手榴弹，旋即爆炸。王震将军得以保全，而那通信员则牺牲了——他为了同志。

赵兰贵负了伤，赵有志把他背在身上往下撤，敌人在后面紧追。赵有志累得头晕目眩，不断摇晃。赵兰贵怕连累他，劝他把自己放下，而赵有志却一直摇晃着往前跑。当见到自己人时，赵有志突然吐血昏厥，而赵兰贵却已死在他的肩上——他们也都是为了同志。

当我们享受胜利之果时，请不要忘掉这些伟大的灵魂。

55. 脖子憋粗了

工作人员老彭，住在一户老乡家里。一天，他在草棚中睡觉，半途出来小解，忽见大门洞里睡着一排日本兵，吓得急忙往上房跑。跑进去一看，炕上横七竖八地也睡着日本兵。他匆忙又钻进草棚，抓些干草盖在身上，藏着装睡。不一刻，又一伙日本兵也钻进草棚来，东倒西歪躺下，也要睡。一个鬼子的双腿，搭在老彭身上，就那么睡熟了。老彭在底下一动不敢动，直忍到天黑，解了乏的鬼子才集合走了。当老彭从草棚中出来，脖子和头一样粗了，过了十来天还未落肿。

56. 随机一变

侦察员骆洪正在老乡屋里歇着，猛然听到街上一阵人喊马叫。骆洪觉着事不好，刚要出去，一群鬼子和汉奸进了院子，不期正碰个正面。骆洪灵机一动，便假冒敌人，手提盒子枪满院子乱串：先抓个村里“办公的”，让他快打浆糊去贴宣传品；又跟另一人要鸡蛋，张罗着烙饼。竟一路混上街来，瞅空子闪进另一家院子，赶忙上了房。恰好房上站着个伪军，问他干什么的，他说“宣抚班”。伪军又问为什么上房，他上去给伪军一个嘴巴，飞脚把他踢下房去。然后跳进一条窄胡同，眼观六路一阵跑，竟安全地逃了出来。

57. 沾两样光

杨国栋在过铁路时，被敌人捉住了。四个伪军押着他往岗楼上送。走到一块麦地旁边，捆他的绳子被他弄松了扣，他猛地把绳子一甩，朝麦地跑。后面四杆枪追着他打，叮当扑哧，滋溜滋溜直往裤裆里钻，可他终于逃脱了，只右腿上擦破了一点儿肉皮。他说他沾两样的光：一是天不太亮，看不甚清；二是他按“蛇形前进”跑的，战斗训练帮了他的忙。

58. 没说话，泪便下来了

在碉点林立的年代，一个“联络员”经常上岗楼应敌。他在敌人面前，表现得极其谦恭自卑，甚至有点“下贱”。可是，他是个共产党员，用这些谦卑，给村里的老乡们办了很多好事，扛过了很多灾难。

胜利后，他见到自己人，没有说一句话，泪就流下来了，工作人员连忙安慰他。他说：“要说有功，也谈不上，就是多挨了些苦楚折腾。我在鬼子面前，就是一块木头、一条狗，任什么憋屈困苦，都吃进肚子了。要说对党的贡献，也就是替人们多挨了些打骂，多尝了些酸辛……”

59. 这也要哭吗？

赵羊观血战中，打到最残酷的时刻，“软蛋包”丁琅找到党小组长骆晋鸿，跟他说：“老骆，咱坚持大半天了，就还剩这么几个人，援军也看不到影，离天黑还有三四个钟头，咱能顶得下来吗？”

骆晋鸿最和善，一辈子没跟人发过火儿。他解释说：“丁琅啊，咱们是抗日军队，是为救国才来当兵的，怎么也得顶着，有几个人打几个人的。援军要有了影，那就到了。来，你先抽锅烟，抽完了也许就来了……”他还没说完，丁琅就打断他：“不行啊，不行啊，是你脾气好威信高，我才给你说，别打啦，投过去吧！以后再出来，还可以抗日呀……”老骆大吃一惊，问：“这话你为什么对我说？”丁说：“你是党小组长，你一发话，大伙儿都听啊！”老骆忽地泪花闪闪，痛心极了，“小丁，你不能再想想我的话吗？”丁以为他动了心，急急说：“嗐，还这么死心眼儿，枪子直飞，哪有工夫再想？”“你根本就不想我的话了？”“你真是！你真是！……”老骆松一口气，汪着眼泪说：“好，你去说吧。”丁琅高兴了，从战壕里站起身，向敌人喊道：“别打了，我们投……”一句未完，砰的一声，老骆的枪弹击碎了他的脑壳。

事后说起闲话来，人们常笑话老骆，说他枪决叛徒，还哭哩！

60. 豆腐大妈

“五一大扫荡”过后，各村都建立了保甲户口制度，敌人常常以查户口为名，搜捕我方掩藏的军政人员。

有一天，通信员小刘被敌人一直追进卖豆腐的王大妈家。王大妈两口人，一个她，一个十七岁的儿子，户口上写得清清楚楚。这时，儿子出门卖豆腐去了。敌人逼住通信员，问：“这是谁？”王大妈说：“是我儿子。”敌人要过户口去查，果有个十七岁的儿子。正在犹疑，卖豆腐的儿子恰恰回来了。敌人马上问：“这一个又是谁？”王大妈一慌，急着说：“我不认识。”儿子见状不好，撒腿往外就跑，敌人见状急追，两声枪响，把儿子打死在了街上……

61. 把敌人打笑了

交通员小李子叫鬼子追得满街跑，恰恰遇到赵大娘。赵大娘上去拦住小李子，狠狠给了他两个大耳刮子，高声骂道："不叫你出来非出来，到处给我惹娄子，今儿非打死你不可！"骂着，又拧他的耳朵，撕他的嘴，横竖不依不饶。鬼子傻愣愣的，看了一阵，笑哈哈地走了。小李子在打骂声中获救。其实，赵大娘根本不认识小李子。

62. “我有两个拳头”

人民政府把李家店的恶霸坨坨头抓住了，到各村发动群众控诉他。有个姓魏的老头儿对政府人员说：“你听着，我现今有两个拳头。你们要是枪毙他，我就出这个拳头，控诉他；你们要是押两天还放了，我就出这个拳头，保他安全回家。”

63. “替她死了多好”

一个妇救会主任被敌人捉住了，程大娘跪着求敌人放了她。可鬼子已经抓住证据，就一次次把大娘打倒。她起来还是跟敌人央告，惹得鬼子发了火儿，一顿打，使她三个月不能起炕。后来，听说那妇救会主任最终被敌人杀害，大娘异常难过地哭着说：“她那样年轻轻的就死了，倒留下我这老婆子活着，老天爷不睁眼，让我替她死了有多好！”

64. 杨庄子有棵好枪

杨庄子据点有棵好盒子枪，由伪小队长王某揣在怀里。雁翎队员赵长海也有棵好盒子枪，便时时在岗楼下转悠，意思是要比试一下强弱。

一天，赵长海正在岗楼下坐着，果见王小队长下来了。可王小队长刚往外走了几步，遇见保长杨正基。杨正基是两面保长，早知道长海在一边，怕生冲突，忙迎上去把伪小队长拉走了。

在岗楼上，王队长听说长海在岗楼下候着他，吓了一跳。就跟杨正基表示，要见见这条好汉。于是约定：第二天九点，在小热闹家见面。

第二天，长海只身去了小热闹家。可街上还有三四个人，都举根苇子，来回喊："有苇子的卖？"

一会儿，杨正基陪着王小队长也进来了。客气了几句之后，杨正基说："王队长想换辆新车子骑骑，听说咱雁翎队车子不少。可不白要，给你们点子弹。"

赵长海说："我们有的是子弹，这事儿过一程再说吧。"驳回去了。

赵又说："听说王队长枪不错，能借给我开开眼吗？"王也不含糊，内丹田一挺，盒子枪就从怀里唰一下蹿出来了。赵接枪在手，反正面一看，原来是把"旁开门儿"，还不如自己的好，就笑着往回递。王也说："听说赵大哥也有棵好枪，让我也见识一下行吗？"赵就一抖身，内丹田一挺，盒子枪也蹿出来，从从容容递了过去。其实，长海早把撞针卸下来了，他怀中还有一棵实弹的。王队长一面看枪，一面点头称赞，然后小心地把枪还过来。

街上不断传来买苇子的吆喝声，王队长笑着说："赵大哥今儿带人可不少哇。"

赵也笑笑说："小意思，一个班。"

正说着，忽有年轻轻一个伪军向屋里一探头，马上又抽回去了。

王队长面带慌张地说："不好！这人是个班长，是城里三大队长的小舅子，我的仇人。弄不好，得吃了他的亏！"

赵长海说："既是王队长的仇人，除了他算了。"

王队长皱了一会儿眉头，说："这样吧，明儿上午，我派他们班上城里去取白面，就麻烦赵大哥半路上下手，解决了他算了，怎么样？"

第二天一早，赵长海们撑着两条小船，贴着赵北口的玉米地，分两股卡住了通城里的两道河口。果然，也就是八九点钟，杨庄子来了一只小船，上有十二名伪军。一阵打，包括那名伪班长，全部被歼。赵长海让小船摇进赵北口，跟村里要了十二口棺材，放小船进城。

当城里鬼子派兵来搜时，长海等人早到苇塘深处包饺子去了。

65. 目标是老日本鬼子

4区小队长去同口据点转悠。一天，同口支书老陈告诉他们："西门外中学旁边，有个水坑，里头又有荷花又有鱼。有个老日本鬼子，常去那儿钓鱼，有时带枪，有时不带枪。"于是约定：第二天来人，弄了他。

第二天，4小队神枪手刘永带三个人来了。他们先在支书老陈家吃饭，等天起晌了，刘永便戴了老陈的大草帽，转出去了。老陈也离开家，去一个小饭铺喝酒。

可刘永几个在中学门口转了半天，可巧老鬼子今天没来。刘永几个便说："闲着也是闲着，到街里转转去吧。"

街里有四个伪警察，扛着两棵枪，正押着保长魏铁衡一家家地登记户口。转到过晌了，魏铁衡便带着他们去何家饭铺吃饭。

酒足饭饱之后，有个伪警察叫小豁子的，嫌屋里太热，跑到戏楼上躺着唱戏去了。

剩余三个伪警察还在喝茶。帘子一掀，一声"不动！"，刘永几个堵了门。一个伪警察伸手要抓靠在炕沿上的枪，啪一枪给钉在了炕上。第二个刚想动，啪一枪给钉在座位上。第三个要往门后闪，啪一枪也揍倒了。刘永举着枪正要打魏铁衡，被后头的人托住了胳膊，“别，这个不是伪军！”魏铁衡只觉得脑袋有笸箩那么大。刘永几个把枪一敛，抽身走了。

小豁子在戏楼上正唱小曲，听见枪响，急忙跑回岗楼报告：“可了不得了！全收拾光了！”

鬼子下来人，搜查半天，毫无所得，只好勒索何家饭铺贴三口棺材。

66. 善后

从何家饭铺出来，保长魏铁衡越想越玄，就赶忙找了小豁子去，问他："怎么报告的？"小豁子说："我光听见枪响啦，以为你们都给收拾了呢，没想你还活着。"老魏说："好兄弟，哥哥我告诉你一句话，事儿是出了，在场生还的就咱俩，咱们一向待得不错，可得顾活人别顾死人，你要非拉出我来，我也只得说你去戏楼是故意躲空儿的。一条线上的蚂蚱，谁也没好儿。"小豁子听得苍白了脸，向他保证绝不出卖他。

可是，不多久，新来了个警长叫于廷俊，很快就听说何家饭铺打死人的事，还说魏铁衡知道得最清楚。不一日，两人公事办完，于廷俊呼嗒嗒地敲着炕沿说："老魏，何家饭铺的事听说你早就知道？"老魏说："知道啊！全村的人谁不知道。""当时你在哪儿来？""我没有出村噢，刚听见枪响的工夫，我脑袋有笸箩那么大！幸亏你到得晚，没有赶上！"

于廷俊哈哈大笑，这事儿算遮过去了。可暗中，老魏还是送了于廷俊一些"老头票"。

67. “不行，得打了他！”

于廷俊到同口后，显得很活跃，很快就与支书陈廷云成了朋友关系，谈话中时常透露：要与八路军建立联系。老陈向敌工部一汇报，说：“这人挺不错的，啥时叫啥时出来。”

敌工部从邻县得来的消息却是：此人心活手黑，满肚子坏水，本质上特别反动。听了老陈的汇报，敌工部更觉得来者不善，说：“不行，得打了他！不打不得了！”

怎么打呢？商量的结果：黄昏把他叫出来，就说他表弟（在八路军区小队工作）要见见他，引至村北淀边，打在大堤上。

当晚，支书老陈去岗楼底下一喊，果然，于廷俊答应得挺痛快，马上就出来了。先到老陈家坐了一会儿，老陈把敌工部的刘俊卿介绍给他，说是老陈的内弟，是于的表弟托他来的。于廷俊一听说表弟在村外等他，就说：“进来吧，干吗不敢进来？真他妈屄小子，还当八路呢！”刘俊卿就说，他的表弟要在村外见，是免得连累了别人。于廷俊还是很痛快，说村外见就村外见，可一走到村北口，他就不肯走了，登在猪圈顶上叫：“小号（他表弟的名字）！小号！来吧！我在这儿呢！”刘俊卿骗他说：“还在前头，在刘家坟地呢。”可他戒心很大，说什么也不走了。结果没有打成。

第二天，刘俊卿与老陈计议：“这小子果然鬼窍很多，就打在街里算了。”老陈说：“可别打在我的院里！”“那是自然！”

第三天，老陈又去叫，于廷俊就又出来了，骗他说：“你表弟长了胆儿，在前边小酒铺里等你呢，就在那儿见面吧。”于是一伙人往前走，走到半当街，刘俊卿背后一枪，把于打在了街上。

当夜，陈廷云把于的尸首挪了三个地方，都觉不妥，最后，绑块磨石，沉在了南淀里。

68. 公开信

支书陈廷云计算：天明以后，鬼子非得跟村里要于廷俊不可，得有个对付的法子。

支部里几个人商量的结果，是以于廷俊的名义，给伪军写封大信，就说他千想万想，当伪军没有人味儿，从今夜起，他投八路去了，也奉劝诸位别再为鬼子卖命，痛改前非，弃暗投明。这封信抄在一张大粉连纸上，贴在岗楼附近的街头。

天大明之后，保长魏铁衡把信揭下来，提在北风里哗啦啦响着，直奔了据点，特别在伪军们眼前经过。伪军们见他慌里慌张地拿着字纸，挡住问他干什么。他说："去给太君看一样东西。"伪军们拿过信去一看，吓了一跳，斥责他说："这是什么呀，你就拿给太君去看！"结果把大信拦下，由他们对付"太君"去了。

69. 抓赌

老乡赵家有地洞，地委的一架电台就藏在他家。报务员是山西人，屋里摆着机子，架着线，天线从房檐通到窗外的小树上去，谁也看不见。

半夜，忽然屋顶上咕咚咕咚乱响，明显有人上了房。报务员大惊，以为敌人抄家来了，急忙收拾机子，钻了地洞。老赵战战兢兢出去一看，果然，房顶、墙头上尽是伪军，他们伏身潜步、横刀架枪，俨然准备战斗。见老赵出来，喝他道："睡觉去！没有你们的事！"后来才知道，隔壁一家聚赌，伪军们"享外快"，半夜抓赌去了。

70. 彩老挡

端村中心岗楼附近，住着老不正经的女人彩老挡。伪军占日子不长，就跟她勾搭上了。因她眼界宽，知道村里的事挺多，经常给伪军“放线儿”“指点儿”，给抗日政府造成了很大危害。

村中支部研究了一下，决定把她“掏”出来，任务便交给了俩民兵：张天和李小安。

半夜，他俩从岗楼根里摸过去，躲着伪哨兵的眼睛，摸着彩老挡的大门，见大门倒锁着，断定她还没有回来。等了许久，月亮出来了，忽见小墙头有一缺口，二人便从缺口爬进院子，打算在家里等她。一推屋门，里头闩着哩。咦，想是屋里有人。看窗户，正老虎大张嘴地支着。轻轻探头一望，炕上支着铺，铺上睡着一人，正是彩老挡。

张天一纵身，就从窗口钻进去了。不想彩老挡一惊坐起，张天把菜刀在她颈上一横，“你嚷，我就抹了你！起来，好好儿跟我走！”彩老挡认识张天，知道他的厉害，不敢抗拒。张天二人就把她捆起来，嘴里堵上棉花，从岗楼根里拖出来，交给了抗日政府。隔了两天，彩老挡被杀于苇塘。

71. 人头包袱

熊管儿是县委锄奸团的一员，新安西里人。他叔叔是个大汉奸，住在新安城里。熊管儿安心把他除掉。

熊大汉奸的住地有好几层保护：外一层，伪军围着；里一层，鬼子围着；中间才是这大汉奸的住房，四面到处有岗哨日夜巡逻。可是，熊管儿凭着他是熊大汉奸的亲侄子，大白天带着枪，硬是闯进去了。

进了屋子，他叔大吃一惊，当八路的侄子怎么进来了，刚要喊人，就见熊管儿把手枪往桌上一拍，声音隆隆地说："我不干了，我不当八路，也不当汉奸，把枪给你，你给我点钱，我要外出！"他叔问："外出去哪儿？"他说："天津卫！"他叔见他连枪都交出来了，也不怀疑，回身掀柜取钱。熊管儿趁机一个虎扑，把他摔倒，抽出攮子，把脑袋切了下来。

他正拉过一条被单，把脑袋包包袱。门帘一掀，大汉奸的儿子进来了。熊管儿拿攮子冲他一指，"你要喊，我连你也捎着！"吓得这位堂兄不敢吭声，乖乖地叫他绑起来，嘴里堵上棉花。熊管儿径自背着人头包袱，跳出城来。

72. 敌人压了顶

郭家营妇女干部曹珍家，忽被敌人包围了，敌人一下子压了顶。屋里有组长程少正，还有组员石老纲和白乔。程少正见情势危急，动员说：“咱们可得沉住气呀，要经得住考验，为革命牺牲是光荣的！”白乔这人平时有点调皮，一听这话，疑心是指他不坚定，就说：“老程，你要是怕我们投敌，这不枪，你先把我们撂倒，然后你爱怎么办怎么办！”老程忙说：“不是这个意思，咱们要铁成一条心，对付敌人！”白乔便蹦到门口，出主意说：“老程，你先在墙旮旯里蹲着，我和老纲把着门，敌人进来一个，我们把他掐死，进来俩，打死他们。什么时候没了子弹，你瞧着我们没勇气自杀，你就把我们撂了，然后走你的！”

曹珍在外头被敌人捉住，打了个半死，始终不肯说屋里藏着人，硬把鬼子顶走了。

73. 火烧系井炮楼

藁城县系井炮楼，是铁杆还乡团们的巢穴。里面的人员极为反动，炮楼也修得极为坚固：它有四层，三丈五高，最下一层是石灰灌浆，全是实心的。被八路军包围之后，他们齐齐躲进炮楼，一边破口大骂，一边拼死抵抗。

八路军日夜围了几天，总不能拿下。通信员刘敬礼围岗楼转十几圈，忽见岗楼旁边有一伙房，紧傍着岗楼实心底层，墙外有一阶梯，直通屋顶，屋顶搭块木板，直通炮楼二层门，是平日伙房给敌人送饭的通道。此时，岗楼二层门紧闭，硬攻是不能得手的。

刘敬礼便提议："用火烧它！"说着，便让机步枪封锁敌人的枪眼，刘敬礼又率人把伙房的向敌面掏开一个大洞，就在洞外的两墙之间，投放柴火。刘敬礼最积极：附近的门板、桌椅、凳子、犁耙，都叫他扛来了，一口气摘光了三间房子的门板，有一扇带铁箍的窗户，也让他拉了下来。

大火点燃了。大火从两墙之间往上卷，先把二楼的楼门烤焦，随即烧破。炮楼是个直筒子，大火一进去，引起烟囱效应，呼呼大火，直吸进去，越烧越旺，第二层的枪眼首先喷出火苗来。伪军们从二楼跑上三楼，大火追至三楼；又跑上四楼，大火也追上四楼；最后群聚到顶上，大火终于追到顶上。四十多个伪军，无路可逃，许多人烧死了；许多人往下跳，他们带着一身火，烟雾滚滚地跳下来，砸塌了伙房，摔得粉身碎骨。战士们惊呆了，傻看着。这时，刘敬礼忽然抱住政治主任的胳膊，央求道："主任、主任，快下命令救救他们吧。不然就都摔成烂泥啦！"主任原怀静当时流下泪来，下命令赶快搬梯子救人。

几个人连忙找梯子，刘敬礼大声朝楼上喊："别跳啦！都摔死啦！我们搬梯子救你们，稍等等儿吧！"楼上人这才不跳了。不一刻，梯子搬了来，但从伙房往上一靠，炮楼太高了，够不着。刘敬礼爬上梯顶，把一团麻绳扔进垛口，伪军们这才把麻绳拴在垛口上，顺绳子溜到梯子上，刘敬礼再一个个搀扶他们下到地上。总共救下十四个人来。

一些被救的伪军说："你们对俺们真是大慈大悲呀！"

74. 被俘团长白云峰

原71团团长白云峰，在抗战刚刚胜利的时候，率一个不带武器的团下东北。半途在辽阳地区陷入国民党军队包围，竟举手被俘。隔一些日子，他又逃了回来。政委原怀静派刘敬礼带着信去看他。白云峰一见刘敬礼就诉苦说：“看，那时候身边也没个靠近的人，弄成这个样子。要是有你跟着，再也不会有今天。”刘敬礼道：“要有我跟着，当时就枪毙了你啦！还靠什么近噢？！”白云峰低下头去，又难过，又惭愧。不久后，他竟自杀了。

75. 真假缴枪

打新河据点码头李的第三天，敌人的增援被打退，敌人绝望。我方趁势大搞政治攻势：喊话劝敌人投降。因喊话巧妙，攻得猛烈，有个伪队长着慌又着急，立起身来威吓说：“缴枪，我们缴枪！你来吧，谁敢来？！”刘敬礼没听出真假，一个人便蹿了出去。人们大喊：“刘敬礼！别去！敌人是假的，可别上当呀！”但他沿着岗楼外的旋转楼梯，竟冲上了楼顶。因为恰恰出现在敌人背后，出人意料地一下堵住了敌人，乃大喝：“缴枪！缴枪！”一下子解决了敌人一个排，拿下了这个岗楼。

76. “千万别跑啊！”

冠芳和他姑父，正在东屋睡觉呢，不知不觉，敌人包围了。一个翻译官来砸门。他姑父是深县公安局的，有手枪。这一砸门，姑父不让开，说：“不要紧，沉住气让他砸吧！”他又从门后摸出个小镐，对冠芳说：“门要砸开了，你敢不敢拿小镐‘钊’他？”冠芳说：“敢！”就接过小镐来。

外头，翻译官砸不开门，就从窗户往里扔半头砖。咕咚咕咚，一连扔了十几块，门还是不开，便走了。姑父见院里没了人，就开开门，拉着冠芳，从后院跳过墙，藏在草厦子里。

过了一刻，姑父说：“不行，这地方太险，一翻就翻出来了。”他隔着墙头往北一望，见村北有三个敌人的岗哨，东北、正北、西北各一个。正北有片树林，树林北头正挨着道沟。姑父说：“咱从道沟里钻出去。要叫岗哨看见了，叫咱过去，可千万别跑，咱们乖乖地过去。记住，千万别跑啊！”

于是，他们翻过墙头，快步朝树林前进，结果被正北那个岗哨看见了，横着枪，点手叫他俩过去。冠芳跟在姑父后头，顺顺溜溜过去了。姑父对岗哨说：“老总，道沟那边埋着枪哩，一把盒子，一把撸子，太君叫我们去刨出来。你跟我们一块儿去吧？”伪军信以为真，跟他们到了道沟边，姑父突然翻手一枪，打穿伪军心脏，随即拉着冠芳跳入道沟，曲曲弯弯地逃了出来。

77. 负伤　养伤

“我们这个连转到深（县）南，摸黑住进了北四圈。到白天，因联络员必须去岗楼送报告，我们就叫他故意这么说：‘今天来了五百多八路，一住下就满村子挖了战壕。’结果把敌人给吓住了，白天没敢来。晚上，我正站岗，一个八八式炮弹落在树杈上，把我炸伤了。炮弹皮从腿弯这儿打进去，一直钻到了腿肚子，用手一摸，跟敲麻筋一样，酥酥地直麻到脚跟儿——这块炮弹皮我得带它一辈子，至今也没有取出来——当时我可真害怕了，生怕跟不上队伍给弄丢了，那时又没有后方，遍地都是敌人。我胡乱把伤口包扎了一下，见战斗已经打欢了，就对指导员郑子义说：‘指导员，突围时你可千万别丢了我呀！’郑子义说：‘你拽着我的衣裳，我到哪，你到哪，我死不了，就丢不了你！’我就拽着他的衣裳，一路拐着腿摸出来了。因雷声闪电的要下雨，敌人也没有发觉。

“很快，我被坚壁在张家庄养伤。房东是个富农，养一个大骡子，雇着一个长工，我就住在长工屋里。身上一套便衣，也没的换，吃的‘罐儿饭’。恰好又赶上跑肚，刚放下碗，就拉在裤子里了。唉，真腻呀！过去，我是一个干净人。这怎么办？我就脱下裤子，抓把土往身上搓，把裤子扔在门外。搓了一会儿，就穿着小裤衩爬到水坑边上去，却又够不着那水，就拔几把青草垫在肚子底下，把裤子缠在一根棍子上，伸到水里去涮，涮涮提上来揉几下，然后又涮。最后晾在苇叶上，半干不干就穿上了。

“房东总是说：‘白天太危险，你还是到地里去吧。’我只好一瘸一拐，赶到地里去，搿几把高粱叶一铺，一躺就是一天。幸亏当时遍地都是大庄稼。

“我渐渐和小七一家要好起来。小七的娘有七个儿子，三个当八路军。小七常领我到他家去玩，和大娘有什么说什么，不分彼此。有一次，正跟大娘聊天，小七的姐姐说：‘村南区小队开来了。’我说我去看看，大娘说，还是她去看看为妥。一看，原来是鬼子，现跑已来不及了。大娘就叫我解了腿上的绷带，装成她儿子，敌人问就说长的是疮。刚弄好，外面的鬼子真跟区小队打起来了，好几次，鬼子兵骨碌滚蛋地跑到院子里来，就是没有进屋。

“等鬼子走了，街上人们问我，在哪儿藏着来着，我说小七家。老乡们说：‘我奶！小七妈怎就这么胆大呀？！’大娘说：‘有什么法子呢？这不和一家人一样吗，我儿子在外头还不是也这样！……’”

78. 巧取文郎口

参加文郎口战斗的一共十八个人：三辆大车装着棉花套子，每车厢里藏着两个人，再加一个掌鞭的，一个管长套的。刘敬礼跟着机枪，机枪掩在送木柴的手推车上，机枪手推车，刘敬礼拉套。还有两个散装的“老百姓”，里头一个是连长。

正逢文郎口大集，岗楼下头熙熙攘攘尽是人。不少人直拿眼看他们：齐刷刷的尽是年轻棒小伙儿，这是怎么凑到一块儿的？看得他们还真有点神经紧张。

到了据点大门，见一溜伪军正靠在墙根晒暖儿哩。掌鞭的便问：“卸在哪儿啦？”伪军们一挥手：“卸到里头去吧。”有个伪军看见刘敬礼衣襟下别个手榴弹，弯着腰上来看来了。连长一见，手枪一拔，喊声“不许动！”，车厢里的人一翻身跳下车来，一拥就进去了。刘敬礼眼见人们都进去了，也不等架机枪，把大枪一拽也进去了，几步就上了大岗楼，一层一层往上蹿，到顶上一层，有个伪军站岗，就隔着木板给了他一枪。伪军急忙举起手来。刘敬礼从岗楼往下一望，机枪手以为敌人探头哩，啪啪啪就“封锁”。刘敬礼赶忙喊：“自己人！岗楼拿下来了！……”这才不打了。刘敬礼往东南一望，副连长带着支援的友军，正往这里赶呢。可集上早跑得没有人了。

79. 束鹿战斗

刘敬礼自述：

“打开城，经过一连串战斗，最后把敌人压缩在中心大岗楼上。我和王来福冲到岗楼的小北屋中，见岗楼太高，四面没法上，就把屋里的桌子、板凳、柜橱、门窗，都弄到岗楼跟里，点起火来。但岗楼是铁门，烧不进去，只烧得伪军们穿着小裤衩，渴得喝尿，可就是不缴枪。部队围着大岗楼，思谋解决它的办法。

“天渐渐黑了，我躺在小屋里迷迷糊糊要睡着。不想敌人把岗楼扒开个窟窿，从里头跑出来了。参谋长赵占奎急了，‘刘敬礼！快给我打！’就往外推我。我说：‘正压子弹哩！’到压好一排子弹，一猛子就扑上去了。有个敌人离我太近，一枪打死了——我不想打死人，怪难受的——另有一群，给轰到一个死胡同里，挤住了。我打了两枪，伤了四五个，吓得他们赶紧都缴了枪。

“又回到大岗楼，见有个家伙四条腿往外爬，手腕上有块表，明光月亮的，一闪一闪的。我上去比住他，说：‘把表摘下来！’——我从来没拿过俘虏的东西，这次算丢人啦，又恰好闹个‘大窝脖儿’——他说：‘见了你们上级，你要什么我都给，我是搞敌工的！’我说：‘什么搞敌工的，谁要你的表哇？’

“解放束鹿之后，我们部队往西开，一直赶到藁城城下。”

解放战争和
抗美援朝时期

80. 胜利后的痛悔

46团2营是个“先锋营”，在旅里论起来，有三个“第一”：战功第一，前时孟西、凉城两场战斗，都是他们突开敌人的；巩固部队第一，三个月没有逃亡了；群众纪律第一，侵犯群众利益的现象，大半年来榜上无名。

糟糕的是，这次与17旅比着打定兴的战役，却把仗打窝囊了。教导员王忠信清清楚楚记得，在进军路上，团政治主任叫着他的名字亲切地问：“王忠信，准备得怎么样呀？”王忠信至今记得自己的回答：“首长放心！等着看好儿吧！”谁知道刚进入北关，由于挖工事不积极，被敌人炮火炸掉六七个人——这倒还可以向上级搪塞。最不可原谅的是：总攻号令一下，2营三次猛攻，都被敌人顶了回来，第二次攻击甚至没有到达城墙。而与本营对攻的17旅某营，却把南城打开了。

尤其令人难堪的是，团里来了命令，2营撤下来，绕道南城，从打开的缺口进城，以便扩大战果，全歼敌人。

2营的领导都羞愤万分，“17旅也是人，有什么脸从人家的口子里通过？！”然而，命令是不能违拗的，只得率部队从南关绕道入城。在围歼敌人最后几个据点时，王忠信跑上连队第一线，与战士们一同呐喊冲锋，气概是“死也豁啦！”，结果拿下几个小的胜利。

战斗结束，王忠信随意走到4连，忽见几个战士拿着敌人的军式衬衣，正在身上比量，是要穿的意思。他不由火从心头起，大吼道：“放下！仗打不好，还来捡洋落，要脸不要！”战士们见他这样，个个面色如土，放下衣服，傻愣愣地不知如何是好。王忠信忽地心上一翻，眼中充满了泪水，心想：战士们有什么罪？他们叫上东上东，叫上西上西，火线上个个不怕死！仗没有打好，还不是我们干部弄的。凭什么把冤火发在他们身上？

王忠信越想越痛，掩着面孔赶紧离开了4连。

81. 刘子林谈鲁甸战斗

“我们旅是有名的‘啃骨头旅’，打胜仗不少，缴获不多。旅长老是想着打个‘翻身仗’。

“我们把登封城让给敌人，部队闪在两边山里埋伏着。老蒋三个团一到，感到有埋伏，撒腿就跑，我们就追，追了六十里，追上了。友邻一个团挡住敌人两个团，又在一道山梁上顶住敌人另一个援兵团。

“我们团就在敌人屁股上发起攻击，一下子把敌人打乱了。敌人从友邻那里打反攻，攻了两次没有攻动，就翻回头照着我们这边跑。我们7连（我是连长）蹿上去就堵住了。我们连当时是预备队，我跟营长要求再出击。营长说：‘留给我一个排，你们去吧。’我带着1、2排就迎着敌人冲了上去，先拿机枪给了敌人两梭子，一下把敌人打蒙了，东扒西爬地乱钻。我们两个排冲上去，一下抓了五十多个俘虏。旅长在望远镜里乐得直跳：‘这可翻身了！这可翻身了！……’

“忽然，后面的敌人两个团都涌出来向我们这边突围。我们两个排忽一下子卷进了万马营中，沉进了敌人的‘肚子’。同志们东撞西撞，四面全是敌人，地形又是一马平川，没办法，赶快抓住一块坟地：东边来了敌人东边打，西边来了敌人西边打。刚才抓的俘虏跑了个精光。

“碰到这种时候，最怕的是叫敌人冲乱，一散乱，非叫敌人消灭不可！我们两个排紧紧抱成一团，硬顶着一直往下打。

“刚才还欢喜的旅长，在望远镜中急得跺脚，‘坏了！两个排叫敌人吃掉了！……’

“可是，我们部队的大包围圈越收越紧，大队敌人已慌乱了。我见敌人没有心思打仗，就打两个反冲锋，赶跑了最近的两股敌人。末了，呼呼的一大片，三面的敌人都上来了，吼儿喊叫，很有股子杀气。我说：‘不要动！准备好手榴弹，坚决顶住！’敌人狗急跳墙，眼见着压来两个攻击波，可到临近，一阵手榴弹又把他们震住了。敌人没了办法，撤下重机枪，拖着就跑，要撇下我们不管。2排一见，一声呐喊，横着插上去就堵。2排长是四川人，打仗恶得很，提个手榴弹，带起队伍就冲，又冲到敌人群里去了。这时，三面的友邻部队都压了下来，敌人完全混乱，我们就在敌人群里抓起俘虏来，一抓就抓了一百四十多个。我派六个战士看着缴获的一大堆武器。可六个战士又分出四个人去到处拾枪，看武器的只剩下两个人，这时又跑来二十多个敌人，1班长就冲他们打手榴弹，威吓说：‘缴枪不缴？’另一个手榴弹又扬起来。敌人就乖乖地把枪扔在大堆上，走到一边去站队。

“这一仗以后，我们旅的武器全换了：每个连三挺加拿大，三挺捷克式，两门六〇炮；每排六个枪榴弹；排长一律是卡宾枪，班长一律是冲锋枪。排起队来街上一走，神气极了。再也没人叫我们‘啃骨头旅’了。”

82. 攻打太原卧虎山（快板）

同志们，真勇敢，太原打了个歼灭战。听我给你讲一遍，3营净是英雄汉！

同志们，赛过钢，出发到了野鸡庄。下午八点都来到，你擦枪来我擦炮，急得想打可是命令还未到。

刘营长，真能干，亲自指挥上火线。天明吃了一顿饭，天亮打了个追击战。六旅打开口，咱们往里插，打得敌人抓了瞎。咱们追，敌人跑，一下追到了中涧沙。营长一看黑了天，下了命令要攻山。同志们一听心喜欢，机枪大炮响连天，好似猛虎扑下山，吓得敌人没处钻。枪炮打，炸药炸，敌人一看真害怕。广播员高声来喊话："快缴枪来不用怕，宽大政策不打又不骂。"敌人一听双手举，机枪子弹全卸下。同志们一看更勇敢，铁丝网，都打断，外壕更是扯球蛋，炮楼打了个稀巴烂。运输队，运炮弹，人人跑了一身汗，一心打它个歼灭战。天更黑，看不见，朝上打了个照明弹，吓得敌人不露面。打得快，跑得欢，一气攻上卧虎山，"看你狗日的往哪儿钻？"又缴枪，又缴炮，赶快给团长送报告："山上山下都拿到。"团长一听哈哈笑，"你们的任务超过了！缴了多少枪，缴了多少炮？”刘营长来报告：“大炮两门已缴到，长短枪支数不了；官兵俘虏两千多，你看打得乐不乐？！”

83. 打架

刘敬礼自述：“在通讯排当排长那会儿，跟一个班长打过架。那天，他在伙房值菜日。我吃过饭，觉得不甚饱，顺便到伙房一看，还有半锅菜，里头不少丸子，就问：‘还添不？’他说：‘还有人没吃哩。’不一会儿，连部有个人来打，他给打了。我说：‘怎么吃菜还分亲爹后爹呀！’把他说急了，反口刺激我。二人越说越多，就往一块儿凑，我拿块砖头投过去，没有投着。他是个大个子，扛机枪出身，上来把我搂住一压，压得我抬不起头来，我就拼命挣扎。他比我涵养好，一面压着我一面喊：‘嗨！打架了啊！打架了啊！’赵寅虎连长出来，把我俩说了一顿。后来，见面谈起这事儿，觉得特可笑，为点什么呀？真不好意思。以后，我们俩可好了。”

84. “赶赶屃包蛋”

敌人垮下去了，有个战士跳出壕沟，追下山去。

班长很严厉地喊：“嗨！你想干什么呀？”战士回头笑笑说：“我赶赶这伙屃包蛋，叫他们跑远点儿！”

85. 往后都想干什么

在一场不利的战斗后，指挥员深入到连队，调查部队的情绪。他先跟战士们打消了拘束，然后就聊起天来，问战士们以后都想干什么。战士们便各自谈起了自己的理想。一个说："胜利以后想当个干部。家是要回的，可回家一定得坐回火车，唧登嘎登一开，那真是带劲儿！"又一个说："苏联胜利了，还有德国去进攻它；咱们胜利了，那些没有革命的国家，保不准也会进攻咱们。所以，我还要当兵。只是让我回家娶个媳妇就行了。"又一个说："胜利以后，我就想到处游历游历，把天下知名的地方全看看，这一辈子就算交待了。"只有一个战士说："我整天什么都不想，只盘算着怎么吃点好的。"

调查完，指挥员十分高兴：战士们想的都是胜利以后的事，战事虽暂时不利，但他们感到胜利已经不远了，这样的军队肯定很经打。

86. 妇救会

就在国、共、美组成“军事调处执行部”，到处谈判“和平”、防止内战的时候。警卫员王深跟着司令员进了城，去与国民党加老美进行三人小组“和平谈判”。

会场设在国民党司令部里。进门，司令员被邀入正房去谈判，王深则被国民党的副官们留在门房，好烟好茶地招待。

王深穿一身大粗布解放军军装，挎着二把盒子，走路噹噹的，直来直去，相貌很粗鲁。有一帮子国民党特务混在里头，看他这副“老赶”样子，就想取笑他：一边递着茶，一边很亲热地跟他聊天儿。

“哎，兄弟，听说你们那边，老百姓中间有各种团体，是吗？”

“是啊。”一提根据地的事，王深很乐意接这个话茬。

“净是些什么团体呢？”

“多啦！工会、农会、青抗先、妇救会、儿童团……谁哪样合适，就参加哪样儿……”

“哎，听说妇救会最有意思，对你们特别好，是真的吗？”

“怎么不真？你们没见过！这妇女一解放，干起革命来特别积极：做棉衣、抬担架、动员参军、上课认字……嗬，样样都能！”

“还扭秧歌？”

“对，文化娱乐，这是短不了的——”王深直着心眼往下说。

“当然也一块儿玩玩儿啦？”

“那还用说，又比不得旧社会，老封建、老顽固……”

“噢——哎，老弟，你一宿玩过几个？”特务们迷撒着眼，一副馋涎欲滴的样子。

“什么？”

“几个呀？一宿玩儿过几个呀？”

“你说什么？什么一宿几个？”

“小娘们儿呗！怎么害臊啦老弟？”

王深陡地明白了他们的意思，霍地站了起来，一脚把茶碗踢飞，“我操你娘！你太缺德啦！敢用你们的坏心眼儿猜我们八路军！我们一辈子光明正大！不像你们整天偷鸡摸狗……”

他手摁着二把盒子，把特务们骂个狗血喷头……眼看就要往外掏枪。

最后，从里面赶来一个参谋，把事情拦住了。特务们说他：“这人儿太‘不识闹’，为一句话，就这么翻脸不认人！……”

87. “心眼儿多了也吃亏”

连长田永志自说自道：

“打石家庄那时候，我正当战士，攻入第一道市沟以后，我挖个掩体，钻进去把枪一抱就睡着了。正睡着，噔一炮，一搂粗的大炮弹忽悠忽悠就过来了。我日他娘，往外猛一蹿，钻出掩体一看，天刚明，什么也没有，是一个梦。我说：‘不好！要倒霉！今儿不是牺牲，也得挂彩。’

“接着我们攻下一个炮楼。再向前，我就觉着哪儿也不保险：刚钻进炮楼，又钻出来。往前走两步，吭——一个六〇炮弹砸在我脚后跟上，没有响，我想：这更跑不了啦，保险得出事儿。部队接着攻下一个大院，院子里净是机枪，人们乱抱枪，抱起来看有没有故障。敌人的炮却一直往这院里拍。我见院里站不住，就进到屋里，又觉得屋里站不住，就跑到门口，在门板后头坐着。一块儿坐的还有六个人，正好好儿的，咣一炮落在门外，六个人谁也没事儿，唯独我肩膀上一块，腿上一块，负了两处伤。要不说，打仗，心眼儿多了也吃亏。”

88. 团长看见了

在敌我对峙的火线上，敌人惯用小兵力逗我方，以消耗我们的弹药。班长见无大情况，便躲回坑道吸烟去了。过一时，一个战士进来报告："来了敌人一个班。"班长说："不要管他。"第二次又报告："又来了一个班。"班长问："多少米？"战士答："二百米左右。"班长说："告诉老张（特等射手），到一百米的时候，用步枪揍他，别人不许动。"团长在一旁看见了这情形，高兴得往起一跳，私下对记者说："瞧，这个班长已成了真正的指挥员！"

89. 小战士高文灿

防卫战斗已打一天两夜，敌我双方都呈现筋疲力尽模样。而我方后援为敌炮火隔断，营指挥所以为阵地已经失守了。但十七岁小战士高文灿和他的副班长，仍剩在阵地上。

他们俩自战斗开始起，水米都不曾沾牙，渴得嗓子里直冒烟。小高就跟副班长说："我已经打死二十多个敌人了，牺牲了我倒不怕，就是渴死了冤枉！"副班长说："你在决心书上不是说要克服一切困难吗？现在怎么了？"小高立即羞红了脸，笑着说："我说着玩儿呢。"

后来，副班长也牺牲了，山头上就剩他一个人了。他想退，但又一想，指导员曾拉着一条断腿爬上山来，说："就只剩下一个人，也要坚决顶住！"他就把枪一抱，又伏在工事里。

后来，营里见山上仍在打枪，知道还有自己人，便派人通知他撤下来。通信员绕道蹚水过去，叫他往下撤。小高说："你可别开玩笑啊！是不是真叫撤？"通信员向他保证，是教导员让他撤的，他才冒着敌火，一口气滚进小河，就仰在水面上大口大口地喝起水来。不料喝得太多，到晚上竟拉起稀来……

90. 连长高成山

连长高成山，崇拜大刀片，一打仗就半疯，常常脱光膀子，挂满手榴弹，满战壕乱喊乱串，以鼓荡士气，很快把嗓子喊哑了。白天打完仗，晚上安抚战士们睡下，又带着班长们去翻敌人的战壕，看一堆一堆敌人的死尸。他问班长们："看见了吧？"班长们说："都看见了。"他就说："那就好！回去跟战士们说说，这都是咱们的成绩！"不过，团长常常骂他有勇无谋，每一打仗，就告诉营参谋长——也是个特别勇敢的人——去"掌握"他，不许他乱冲乱撞。而他也格外佩服这个营参谋长，很听他的。

91. 捉俘虏

伪师长给伪团长下命令：要一个俘虏！伪团长向伪营长下命令：要一个俘虏！伪营长给伪连长下命令：要一个俘虏！伪连长又向伪排长要，伪排长没有法子，把整个排拉到半山腰，自己留下，叫伪班长下去抓俘虏。

伪班长把兵带到山脚，就下令向志愿军打枪。我们一还枪，伪班长报告说："共军炮火猛烈，防守严密，摸不进去！" 伪排长向伪连长这样报告，伪连长向伪营长这样报告……一级递一级，一直报到伪师长那里。可是，伪师长还是天天要俘虏，伪班长也就天天下来打枪。

我方班长见他们天天来，觉得奇怪，就命令战士们："敌人再来，不许打枪了，看看再说。"敌军见我们不还枪了，却赖着不走，在阵地前沿上喊叫、烧火、磨蹭，磨到你又打枪了，他就回去交差。

我方班长心下一算，就布置了个小伏击圈，当天打死了三四个，还抓到两个活的。问他俩："你们这是天天干什么？"他们说："师长天天要俘虏，不想倒是我们成了俘虏……"

92. 过日子

战士王小墩和几个战友，各扛着一根木头沿着江边走，突然飞来一阵排炮，炸得江水飞起来，溅了王小墩一身，别人都卧倒了，他却扛着木头继续飞跑，直到躲在一块大卧牛石下，才停了脚喘气。有人问他："为什么不把木头扔了？"他说："又砍又运又剥皮，这根木头实在来得不容易！"

敌人的排炮停了，别人都忙脱衣服，拧水，晾干，王小墩却脱下裤子，钻到江里捞炸死的鱼去了，嘴里直嘟囔："这回够全排改善一下伙食的了。"

人们都说王小墩在阵地上安家了。他把山炮弹壳装了水，插上鲜活的映山红，摆在班里当课桌用的炮弹箱上；把坑道口扎成松枝牌楼；五角星上画上"八一"；给掩蔽部起名"凯旋门"，伙房叫"北京饭店"，通往前沿的交通沟称为"新开路"；坑道墙上贴着从报上剪下来的上海幼儿园的劳动舞，旁边还有他刻的一副对联：人类幸福靠豪杰；和平保障有英雄。在风和日丽、没有炮火的情况下，他还坐在阳坡的石头上，晒着太阳缝补衣服，那姿态，正像过农家日子的老婆婆模样。

93. 光荣岗位

“哪儿是光荣岗位？510高地就是光荣岗位。大冬天，到处是雪，上山打出溜，下山‘坐电梯’。没有水，化雪水做饭。因落的炮弹太多，水化出来都是黑的。烩了饼，盛在碗里，看得见碗里硫黄似的冒火星。一吃，炮药味儿。吃着吃着，就吃块炮弹皮儿出来……”

94. 班长牛光瑞

牛光瑞说：

“我在山下带着反坦克小组，跟敌人打了一宿半天，刚回到连部，连长的眼红着呢，说：‘牛光瑞，1排的阵地丢了，你带两个人去夺回来！’我拿眼一看，旁边果然就有两个战士。我说：‘好吧！’招呼两个战士马上就走。周志刚扛挺机关枪，背着两盘子弹，我就提着冲锋式，另一个战士扛着子弹。刚出掩蔽部，那战士一枪被撂倒了，还剩我们两个。两个就两个，剩一个也得上。刚爬上一个山头，就见敌人蜂拥着一大堆，上来了。我们趴下就干，一阵子扫，把敌人打退了。

“第二次，敌人分两路上来。我在正面，周志刚扛挺机枪在侧面。刚打了一会儿，志刚叫喊：‘班长班长，敌人从这边上来啦！’我赶紧爬过去，‘给你这冲锋式，到正面看着点，把机枪给我！’我接过机枪，哗哗一梭子，把敌人打下去了。刚打下去，正面的敌人又上来了。我又叫周回侧面监视，爬到正面去打。

“两次冲锋打下来，机枪出了故障，打不叫了，子弹也只剩十几粒；冲锋式子弹也只剩了半梭；手榴弹好点，还有七颗。我就叫周志刚把机枪背回连部，修不好就扛两箱手榴弹来。我拿着冲锋式守住山头。这一会儿，敌人真再冲上来，可就要我的‘好看儿’了。

“不一会儿，文书扛一挺新机枪上来了，告诉我：‘连部还有三个伙夫，都有武器，全属你指挥，什么时候需要，就调他们上来……’”

95. 吃炒面

在志愿军中有一个传说。

毛主席听说志愿军仗打得很好，高兴了，便把后勤部长叫来说："给他们好面吃。"后勤部长听差了，连连说："好好，炒面有的是。"回去便给每人发十斤炒面背着，弄得天天吃炒面。

96. 大蛇

这也是一个传说。

朝鲜东线的志愿军，常钻入千年人迹不到的荒山老林，时常碰见猛兽。一位副政委带一通信员出差，半路上碰见一条大蛇，有一间房那么粗，身子凌空架在两个山头上，还看不见首尾。两个人都吓慌了，忙跑回部队报告。部队就调了榴弹炮去打，一顿炮把大蛇炸断，从死蛇肚子里剥出五顶钢盔来。

97. “给根烟抽”

祝团长要到1营去，路上爬了一架山，实在太累了，便在已经炸塌的坑道口的一块碎石上坐下来，准备休息一下。他刚打着火点燃一支烟，炸塌的洞子里突然伸出一只手来，嚷着说：“同志，也给我一根抽！”祝吓了一跳，忙将自己的烟递进去说：“我得叫人赶快把你们刨出来！”里头说：“你去叫人吧。没有这支烟，我们就憋坏了！”

98. 打退十五次冲锋

胡贤义说：

“接受反击任务时，我身上背着二十四颗手榴弹，光米袋里就装了十五颗。

“一个反击把阵地拿下来了，排长下命令：‘赶快挖工事，坚决固守，敌人有一个营，必然反击。’

“打退敌人第二次冲锋之后，副班长韩原子嘱咐说：‘敌人离我们三十公尺时，我的机枪还要扫，到二十公尺时才不扫了。这时，你们再探头打敌人。’其实我也发现了一个秘密：敌人的机枪手正扫着，只要我们的机枪一打，敌人的机枪手就把脖子一缩，两手把机枪举过头顶，盲目地乱晃，只管放枪，不管效果。这一下，我可就没有顾虑了。

“第五次又把敌人打下去，我又摸到一条经验：原来敌人尽是尿包，两个手榴弹就能把他两个排轰回去。我觉得可乐，就笑起来。班长故意绷着脸说：‘笑什么呀？这是战场，不许笑！’

“到第九次冲锋了，全排还剩九个人，副班长韩原子已代理排长了。敌人炮火猛，我们伤亡大。韩原子就下命令：‘要节省弹药，三不打：敌人不到百米，机枪不许打；不到五十米，步枪不许打；不到三十米，手榴弹不许打。敌人逼到前沿，就两边摔石头，把敌人往中间轰，然后拿枪扫他！’

“到第十一次冲锋，韩原子负了重伤，我给他打救急包，包不住，就撕了自己的衣服给他包。把他抬下之后，我就代理排长，带六个人继续干。

“敌人第十三次冲锋之前，我们的交通壕叫敌人炮火杵平了。我便挑着帽子在两边逗敌人，吸引敌人的机枪。原我以为敌人不信，可敌人信了，把我的帽子打个稀烂——现在我还戴着哩。

“第十四次冲锋，是用爆破筒把敌人打下去的。

“第十五次，弹药完全没有了，就从烈士身上找来八颗手榴弹。有个战士说：‘不行咱们撤了吧？’我说：‘副班长下去的时候，咱们叫他放心，说好了人在阵地在。’于是，八颗手榴弹又打退了敌人一个连的冲锋……”

99. 用石头打

袁克家说：

“打到最后，弹药没有了。我们打石头：滚下去一块，那石头一翻一翻地又带下去四五块，砸得树芽子乱飞，尘土一溜烟儿。我说：‘石头挺好，敌人再冲，用石头打他！’但石块有的太大，我们就把它一一撞破，大的撞小，一人一堆。后来，敌人真从山下冲上来了，我们就把石头推下去。嗬！满山坡滚滚飞尘，打得看不见天了，连敌人也看不见了。飞尘一落，才见敌人通通滚回去了。

“这回打了四天四夜，没吃饭，也没喝水，渴得吃口炒面，嘴里都嚼不湿了……”

100. 团长的看和听

王光霞这个团长，用望远镜把敌人的地堡都一个一个数过了；对交通壕、铁丝网，都一遍一遍“勘察”过了；在地图上，一点一点都查对过了。

他这个团长，听得出各种炮的出口声、爆炸声，向什么地方打的炮弹，炮位的远近，是提前了，还是后退了，都能辨出。这一点，他说是跟战士们学来的，给了战斗指挥以很大方便。

他这个团长也熟悉挖坑道的各种声音：打锤子、打钎子的声音，炸药爆破的声音。一听声音，他便知道工作的好坏，人员积极性怎样，方法对不对头。爆破的深浅，起下来多少石头……他都一清二楚。他的批评指导，使人特别服他，大家说他是天生的“千里眼”“顺风耳”。

101. “总以为你们是敌人呢”

“1、2营已撤下来，我营刚接了阵地，还不知道敌人在哪儿。连长便叫我带半个班，趁着月色下沟去，侦察敌人在哪儿占着，还有我们的伤员和烈士没有。

“我们下到沟底，没有敌人，往对面山头上一摸，听见山头上有美国鬼子乱咕噜，还有吸烟的。侦察清楚了，我们就往回走。半路上，影影绰绰见一个人在顺着道爬，一听见有人的动静，骨碌碌立刻滚下山坡去了。我们掐着枪摸过去，见一个死人在那儿躺着，模样像自己人。我猜他是装死，因为刚滚下来啊！我小声叫他：‘同志，同志，你哪一部分？’他忽而睁开眼睛，手划拉着摸石头。我一扑，按住他，‘自己人，自己人，我是3营的！’但他不信，问我团长是谁，政委和营长是谁。恰好我把政委的名字说错了，他更不信。我说：‘我们背你下去吧？’他不让背，说：‘你一枪打死我吧，背了我去也没有用。’但我们还是把他背起来，往山腰小路上走。因为不敢走大道，伤员更急了，以为是朝敌人方向背，就踢腿蹬脚，挣扎着大声叫喊起来。这一叫，山头上鬼子扫来一梭子冲锋枪。我们赶紧伏在地上，一动不敢动。伤员见我们害怕了，他才也害怕了。等我们把他背上山头，回到自己阵地时，他才非常感动地说：‘同志们，真对不起，我总以为你们是敌人呢！……’

“这个人叫白记材。”

102. 小“腰包”

708团3连阵地上出现了一个十来岁的小“腰包”（朝鲜话“老乡”的意思）。他一脸菜色，骨瘦如柴，常常面对一堆炸塌的小草棚发呆。连长把他叫到伙房，给了他一碗高粱米饭吃。小家伙吃完，很高兴地走了。第三天，小家伙突然在山头上哭起来，抱着肚子哭得很凶。连长劝也不行，给饭也不吃。叫来“联络员”（是由朝鲜人民军派来当翻译的朝鲜人）一问，才知道喝了冷水，肚子疼。人们说：“昨夜美国飞机飞得很低，一定是投放了细菌。”卫生员连忙给他吃了五六片磺胺，又打了一针，铺条被子让他睡下。小“腰包”一觉起来，不疼了。连长又叫擀了面条给他吃。他吃完，欢欢喜喜走了。

过了几天，战线后大井里炸死了一头牛，老乡们把牛剥了卖肉。小“腰包”把自己的褂子脱下来，换了二斤牛肉，提着给3连送来了。3连同志一问，知道他自开战以来两年多不曾吃过牛肉了，又是拿身上的褂子换的，根本不要，非叫他把褂子换回来。小孩坚决摇头，说什么也不，又经过老半天地解释，他才提走了。

又过了许久，小“腰包”给3连送来一筐野菜。以后，每两三天就送来一次，他把3连当成了家。渐渐知道，原来他是个孤儿，父母兄弟都被美军炸死了……

不久，3连换了防，接防的是3营7连，小“腰包”照旧隔三岔五地给7连送来野菜……

103. 幼儿园照片

志愿军一个战士，看见《人民日报》上幼儿园儿童正吃早饭的照片，便剪下来贴在日记本上，又在上面写下几句话："孩子啊，孩子啊，你们的叔叔还在朝鲜打仗呐，你们就只能吃这样的饭。等叔叔们把美国鬼子打败了，你们就可以吃得更好了。"

104. 战场上想什么

某大学教授总不相信志愿军这样勇敢，更不相信他们在战斗中始终乐观，一次在访问中遇见了郭忠田，就提了好多问题，下面是他们的对话：

教：“在打仗的时候，你净想些什么？”

郭：“想怎样更多地杀伤敌人，守住阵地，完成好上级给我的任务。”

教：“敌人冲到你跟前来的时候呢？”

郭：“光想用枪好，还是手榴弹好，看怎样把敌人打死、打退。”

教：“如果你的同志牺牲了呢？”

郭：“牺牲了，我就把他抱下阵地，并且向他宣誓：坚决为他报仇！”

教：“再回到阵地怎么想呢？”

郭：“就盼着敌人赶快冲上来，好更多地消灭他们，为牺牲的同志报仇。这样等着，常常等得非常焦急。”

两个人总也说不到一块去。

105. “纸老虎”

赴朝慰问团到伤兵医院慰问，向伤员们进行政治宣传，说“美帝是一只纸老虎，没有什么可怕的”等等。伤员们只是“嗯嗯”着不搭腔。讲完话，一位团员问一名战士：“你这胳膊是怎么负伤的呀？”战士答道：“‘纸老虎’咬的。”

106. 报酬

女护士小霞在战地医院照护伤员。一次，敌机来轰炸，伤员的房子挨炸起火，小霞就闯进大火去，把伤员一个个背出来。在背最后一个重伤员时，敌机又俯冲下来，眼看一群炸弹凌空而下，小霞把重伤员放在地上，用自己的身子把他盖住。猛烈的爆炸把她震昏了。等敌机过去，伤员从她身下钻出来，赶忙揉摁、喷水，把她救活。到她醒来一看，重伤员很好，便很开心地笑了。

那重伤员终于伤好出院，回归前线。

当小霞因劳累而病倒休养时，她接到那个重伤员一封信，信上说他回队后勇敢战斗，已经立了特等功。

107. 金明照的理想

女孩子金明照，是个农村出身的学生，读过不少苏联小说，幻想着长大以后，当个集体农庄的女主席。

在抗美援朝时她参军了，被分配当护士。她很讨厌这份工作，因为十几岁上她护理过得病的舅舅，舅舅把一肚子脏东西呕在她身上，使她至今想起来都不由得打战。

可是，在形势发展很快的战役中，猛地下来一大批伤员，还没顾上治疗，部队又前进了，把三十多名伤病员撂给了她。她不但要忙着绑扎、治疗，还得烧水做饭，在冰天雪地中，跑到兵站去领粮食。

伤员们很多不能动，她不得不背了他们去大便，还得替他们解裤子，帮着排尿。要在以前，刀架到脖子上她也不会干这个。可现在，她见战士们红涨着脸感动得流泪，悟出自己事业的崇高，她安心了。

有一次，一个伤员头上大汗淋漓，喊叫肚子疼。金明照不懂医术，便依照乡村的习惯给他揉起来，不想竟把个伤员揉死了。

她为此有三昼夜没有睡着觉，乃下决心学业务、学技术。医生们都喜欢她做助手，又周到又细致，技术进步之迅速，超过了医疗队所有的人。

可她在日记中写道：“每当看见一个伤员康复出院，便觉得集体农庄又离我近了一步！……”

108. 超过爱情的眼光

激战中，师指挥所遭到炮击，两个头戴耳机的报话员都牺牲了，与前方各团队的联系突告中断，而战斗正在激剧进行，敌我都混到一块儿了。

师长急得七窍生烟，要派人徒步去联络。

正在此时，炊事员用罐头盒煮的一碗大米饭送来了，请四天四夜没吃饭的师长赶快吃饭。而这煮饭的大米，早已断供多时，这一碗，是副军长用马驮着的一点点，特意派专人送来的。

“放到一边去！”师长根本吃不下。

饭拿走了。参谋程小用跳出来，愿徒步担任联络工作。

师长握了握他的手，用眼睛把他送走。

整个战场是一片火海，到处炸弹轰鸣，烟雾冲天。程小用参谋看见了牺牲的、负伤的、吃着雪仍往前爬的战士，看见了担架，看见了正在接线的电话员、医生和护士，也看见了敌我难分的尸体……他最终搜集了敌情，了解了战况，最后又在弹片枪子儿横空飞舞的火网中，“飞”回了师部。师长用超过爱情的眼光看着他，听完他的报告后，忍着泪笑了。警卫员马上把那碗大米饭端过来，请首长赶快吃。

饿得两眼发黑的师长把手一摆，“给程小用吃！”

警卫员把饭递给程小用，程小用眼里含着泪说：“我忽然不饿了，吃不下。”在一旁的政委半开玩笑说：“小用，这是师党委的决定，饭是留给你的，吃吧。”

事后人们说：“有这样的师长，才有这样的参谋；有这样的领导，才有这样的战士！”

109. 老洋相

老战士老马喜欢出洋相。在出国后通过新义州的时候，遍街大火，劈崩汹涌，紧张异常，弄得有些人心惶惶，老马扛着机枪唱了一首快板，把大家的情绪安定住了。

照洋江上打得火热，老马的机枪打红了，出了故障，他把机枪一扔，说声“歇着去啵”，就爬下江去，从美国鬼子尸身上又捞到一挺机枪。刚抬头，啾啾啾啾，一排子弹擦顶而过。他转个身说：“要比赛呀，那你瞧吧。”一挫身，伏在江里就又打起来。机枪又打红了，他就抓下帽子来垫着手，继续打……

据说，他能把伤员批评得哈哈大笑。有一次，正在修路，一群伤员走过来，边走边讲：“妈的，胜利后我要娶两个老婆，一个中国的，一个朝鲜的。”老马就叫住他道：“同志慢点走，你这思想可有大问题。”伤员们站住和他瞪起眼来。他说：“一人两个，纪律不允许呀；再说了，你一人要娶两个，我们还从哪儿找去？你总得照顾大伙儿呀！”把伤员说得笑起来。

战士们说：“像老马这样儿的，每班有一个就好了。”

110. 两头儿都趴在了地下

五峰山（572.4高地）战斗陷入胶着状态，杨师长面对沉闷的战场，苦思起来……

他想到了初入朝时的一场阻击战。那是一场打得极苦的防卫：营，打没了；团，打没了；师部的人，一次又一次地组织成排，组织成班，拉上去，都打没了。师长不得不把自己的警卫员、秘书、参谋、伙夫，组合起来，自任班长，投入阻打敌人的最后一次冲锋。

他总结这次战斗的教训，说："我们只是沾了人多势众的光了，毛病却出在指挥上，指挥上从开始就缺乏严密的组织：如果能多保住一个排，我们不但会守住阵地，还会冲进敌人的指挥部去，活捉敌人的指挥官。我们眼见敌人已经趴在地下爬不起来，可更糟糕的是，我们自己也爬不起来了，只能眼睁睁地看着敌人喘气，看着他们手足瘫软地扎着头、亮着屁股挨打，可自己就是爬不起来，没有力气吃他们了！……"

前面是五峰山，他清楚地记起了这个千古遗恨！

111. 军事干部说了算

在金城阻击战时，打到最酷烈的时候，建制打乱了，好几部分友军凑到一起，情况万分危急。有的人已表现信心动摇。大家都问刘敬礼（连长）怎么办，其中还有两个友军的教导员。刘敬礼心想：这里有两个教导员哩，叫我怎么办？教导员们说："你是军事干部，还是你说吧！"刘敬礼说："叫我说我就说，大家坚决固守，谁也不许往后退！"大家见他很坚决，信心陡增，一直把战斗顶下来，直到我们后援到防。

112. 汽油烧遍山头

敌人打了很多汽油弹，整个山头都烧着了，连石头都烧得嗞嗞冒烟。战士们没处站脚，排长来问怎么办。排长一问怎么办，刘敬礼马上便想到自己：这么大火，谁不烧呀！办法马上就有了，说：“坚决不许退，与火做斗争！”他便叫人披上雨衣，用铁锹铲土扑火。到底把火扑灭了，阵地屹立不动。

113. 大娘张基福

两名志愿军战士住在老大娘张基福家。一天，美军飞机炸塌了房子，志愿军给压在了里面。张基福首先拉出了自己的孩子，又一面呼救，一面冒着大火拉志愿军。飞机还在头上嗡嗡地转。她只顾死命地拉，不一会儿，小孩又被坍塌的土墙压住了，哇哇直叫，而棚里的两头牛也被压得直吼。但她不管这些，继续拉志愿军，大火把她头发都燎光了，她还是拉。到把志愿军救出时，小孩已不能说话，小牛被压死，老牛也被压得立不起来（第二天也死了）。但她看着清醒过来的志愿军说："志愿昆通木（同志）没有死顶好，乌利曹（牛）死了没有关系……"

114. 过了五天

伊川郡新兴里一位老大娘，一月二十五日在公路上见到两个志愿军伤员，天又冷，伤又重，没吃没喝。她马上把他们扶回家来，放在热炕上。把自己舍不得吃的米都拿出来给伤员熬汤喝，又亲自到政府给伤员要药。每日三餐，都是大娘亲手做，因不知伤员爱吃什么，又听不懂话，就每顿做好几样饭，让伤员挑着吃。过了五天，她见伤员轻多了，就到公路上去等汽车，问准了道，让伤员坐汽车走了。

115. “我就是陈兆水！”

陈兆水十七岁，共青团员。

在偷袭510高地时，陈兆水蹚冰河，把棉衣冻成了冰衣，胳膊、腿一时都不能打弯了。在接敌运动中，他虽个儿小，总是跟得紧紧的。到爬山时，他却争先抢前，一下落下同志们七十多米。但雪地太滑，爬上去又溜下来好几次，小陈就把手深深插进雪里，抓着石头草根，终于爬上大坎。又遇见了两丈多高的绝壁。他想起战术上说过“迂回到敌后”，就转向敌之侧背前进。他的脚印形成路标，后头的同志都跟了上来。

敌之哨兵坑用雨布苫着，一落雪，坑与地一个样儿了。小陈正走着，哧地漏下一条腿去，踩醒了敌人，当即打出几发“八粒快”（正名为半自动步枪）来。小陈立即还了他一梭子冲锋枪。

这时，敌右侧两挺机枪向我后梯队超越射击，有几个同志负了伤。小陈便转到敌之侧后，把手雷塞入地堡，敌机枪登时哑了。他又用手榴弹消灭了敌人另一火力点，使全排顺利登山，占领了510。

但小陈把脚冻坏了。

天明下来，遇到军摄影干事，忙着给他照相。他问："同志，你照我干啥？"

"你不是陈兆水吗？"

"是呀。"

"你不是登山第一名吗？"

"是呀，我就是陈兆水！登山第一名是我！缴获机关枪的也是我！"

陈兆水觉得自己长高了，也长大了。

116. “他要啦！”

在游园大会上，志愿军归国报告团的原怀静主任给大群的人围住了，人们纷纷举着小本，让他签名。但有一个小姑娘，也就八九岁，虽然挤在人群里，却把一只手背在背后，只拿眼睛狠狠盯着他。过了半天，要求签名的人都走完了，她还是不走，只不时用眼睛看看大树那里，原来那里还立着一个十七八岁的乡下姑娘，一直望着这里。原怀静问小姑娘：“你想干什么？”小姑娘说：“不干什么。”“那你看啥哩？你背后拿的什么？”小姑娘伸出手来，是一支很粗糙的铅笔，笑着说：“我把这个送给你，你要吗？”原说：“你送给我，我就要。”小姑娘高兴非凡地送过来，眼看着原把它插入上衣袋，便鼓着小手一溜烟跑到那十七八姑娘跟前，嚷着说：“他要啦！”于是那姑娘搂住她高高兴兴走了。

这支铅笔后来送给了一名小功臣。

117. “我就是你的亲儿子！”

绥远一位老大娘是红军烈属，见了志愿军原怀静非常亲，两眼总是泪汪汪的。原怀静安慰她说：“你儿子为革命牺牲了，不要难过，人民志愿军和解放军都是你的儿子，正为保卫你，打美国鬼子呢。”老大娘高兴极了，“哎哟，那是我的儿子呀？”“对，是你的儿子。”“你是吗？”“我也是。”“是，你给我当个干儿子吧！”“不是干儿子，我就是你的亲儿子！”老大娘爹开胳膊抱住原，就叫他“儿子”，原也叫她“老妈妈”，还给她题了字。分别时，老妈妈给他拿来鸡蛋，嘱咐他写家信回来。原回到朝鲜就给她写了信。她也回了信，还寄来老妈妈、老爸爸的相片。

118. 切发为誓

原怀静在张北报告完志愿军的事迹后，有一个农民妇女抢上台来，紧握住他的手，连声说：“你们真好呀！你们真好呀！你们真好呀！”第二天人们欢送志愿军报告团，街道上人山人海，原怀静在卡车上又看见了她。却见她举着手老挤不过来，好不容易挤过来了，原便拉她上了卡车。她高兴地举着一封信说：“志愿军同志，我不会说话，这是托人给你们写的信，我的心就在里头哪！”原把信带回一看，里头装着一绺头发，是“切发为誓”，誓死保卫祖国的意思。

119. “你还不快着逃跑？！”

抗战胜利，延安派大批干部急赴东北开辟根据地。美术家朱丹与作家李纳夫妇亦在其中。进入辽宁后，东北人民对共产党还十分生疏，仍是日伪所宣传的印象。一日，他们住于某一农家，霜天凉炕，急需生火。朱丹膀大腰粗，乃抡起大斧劈木柴，汗出，脱去上衣，露出胸脯上一丛黑毛，状极凶悍。房东大娘转觑李纳，见她体态温柔、娴静文弱，以为必是良家妇女，被“山大王”劫持而来。

过不一刻，朱丹放下大斧，外出办事。房东大娘乃悄悄凑近李纳，小声献计道：“那个人走远了，你还不快着逃跑？！”李纳先是一愣，后悟得其意，不禁大笑。一时朱丹回来，李纳告给此事，更大笑不已。

120. 反而自救

小英雄杨金，在防守中被敌人堵在掩蔽部里，战友全部牺牲，弹尽援绝，只剩了手上的一根爆破筒。他想：死了吧！爆破筒一拉，把自己埋在这山头上算了！于是，牙一咬，拉了弦，正合住眼等那轰隆一声时，突然窗外敌人叫嚷，他想：连他们一块捎上吧！顺手把爆破筒撺出去，轰的一声，敌人炸光了，掩蔽部也炸塌了。可是，有根横梁恰恰架住了塌方的一角，正救了杨金。他突然想：以后，我再也死不了了。

121. “你再看咱那时的脸面！”

战士小王对着全班的一圈人说：“比方我负了伤，挎着胳膊回了祖国，人们见了能不问吗？”

“问哪。”

“问什么呢？”

“你怎么负的伤啊？”

“嗨！打美国鬼子负的伤呀！——你再看咱那时的脸面！”

122. 新兵打仗

赵贵华是去年十二月才补来的新兵，这是他第一次参加打仗。

敌人冲上来时，他扭着头打枪，不敢看敌人，枪都打高了。后来，敌人冲到离我们二三十米，我们一顿手榴弹，敌人就滚下山去了。山坡很陡，连打死的敌人也骨碌下去了。赵贵华渐渐不害怕了。

敌人第三次冲锋，我们趁机一反击，敌人狼狈溃逃。赵贵华抓了个俘虏，一问，俘虏是个新兵，军龄和小赵一样长，而且年龄也一般大。小赵高兴极了，战斗下来，就偷偷写信回家，告诉妈妈说："我抓了个俘虏，年龄和军龄都跟我一般大……"

123. “我们失败了”

7连打了个失利的战斗，可指导员给战士们解释说：“我们胜利了。”说得战士们低下头去不哼。政委看见了，立即讲话说：“我们没有完成任务，还受了损失，我们失败了，是敌人胜利了。”他又接下去说：“我们得承认，我们干了桩傻事，叫敌人钻了空子，背后扎了我们一枪。但是，敌人也不是太高明，他们本可以再来个侧面兜抄，把我们消灭，可他们没有做，说明他们也是傻瓜。”说得战士们都抬起头来，发出会心的微笑，情绪上也没有低落。

政委总结说：“政治工作不能‘卖膏药’，而是要帮助战士们正确认识事物，以保持清醒。叫他们在糊涂中过日子，部队会吃大亏的。”

124. 一包湿透的烟卷

打完松树包回来，天依然下着小雨。战士们的衣服全淋得精湿。进了自己的洞子，第一件事是换衣服。江苏小战士段眉换罢衣服，吃了饭回来，就从兜里掏出一包已湿成一块的烟卷，把它们一根一根掰开，晾在石头上，然后找个帆布筒，把洞顶上已漏满水的雨布，托起一半，把水倒出去，又把墙上的挂包，一一挂整齐。他不慌不忙地干着这一切，仿佛在整理内务，全不像是才从战场上回来的。他们班其他人都伤亡了，只他一个囫囵个儿回来了，可他没有一丝的悲哀情绪。

不一刻，他伏在蜡烛下，往纸烟盒上写起拼音字母：“ㄅ、ㄆ、ㄇ、ㄈ……”

125. 俘虏跑掉了

营部通信员李彦明主动要求参加战斗，因临时被允许，他没有带够手雷和子弹，就携支冲锋枪上去了。

战斗打了一半，他被命令背两支“八粒快”押一个俘虏下来。那俘虏是个大个子，魁梧强壮。走到半路，俘虏假装摔倒，小李要去搀他，被他拢住双臂，二人摔起跤来。最后小李被俘虏抓住睾丸，掐昏过去，醒来时，俘虏早跑了。

小李回到营里，接着要求任务，说他已有经验了，“再上去，非带着绳子不可，押俘虏，得先捆上。”

126. 他可怜的人

刘敬礼在中线打防卫的时候，一连打死三个鬼子，便心下一软，想怎么让敌人投降才好，可怜敌人死得太多了。又眼见敌人成群地往上爬，他就在山头上叹道："唉，这些人得不到共产党的教育，糊里糊涂地往死里爬，连为什么都不知道。"

冲锋又被打退了，有个敌人离得很近，可还是想往回跑，刘敬礼喊道："站住！投降吧！"可那家伙仍然跑。刘敬礼想，他一会还会上来，便把枪一横，稍稍一合左眼，那家伙扑通就栽倒了，连枪都断在身下。刘敬礼心说：到阎王那儿告状去吧，就说上了美国鬼子的当了！

另一个班围住两个鬼子，请示他怎么办。

他说："说服他们投降！"战士们说："他们不听。"刘敬礼愣一愣神，下决心道："这俩冤鬼——要死的！"

127. 彭萼桃

彭萼桃是9班的战士。第一次从战场上下来，全班大部分战友死的死了，伤的伤了，可他的情绪没有任何摇摆，见了连长第一句话就是："首长，我对不起你，没有完成任务！"把错误都归在自己身上。

经过调整班，他当了战斗小组长。他带头学文化，整天拿个本子写。他还写了六个字"木、林、森，石、砳、磊"，问文书都念什么。有一天，他从日记本中抽出单存的一张白纸，写入党申请书，申请书上说："我过去什么没有做过，我不会说谎话，请上级详细调查。"

副连长说他是个说实话的大老实人。

战斗任务又下来了，他一听说，就立即写了决心书。他写的决心书最多，可说的话总是很少。

战斗开始了，他扎紧裤腿，背着冲锋枪上去了，走在全组的最前面。

他负了重伤，躺在担架上，直哭，说："这一仗又没有完成任务，自己还负了伤，真对不起首长！"

128. 雪地上的大字

指导员被炮弹震昏了，班长马家顺把他扶起来。他问：“你是谁？”“我是马家顺！”但指导员已被震聋了，听不清。马家顺便又大声喊了几次，指导员仍是听不清。此时，敌人又冲上来了，马家顺便在雪地上写道：“有我马家顺在，就有阵地在。”便又跑着抵抗敌人去了。

129. 走不下来的战场

田勇志自述：

“……金城阻击战下来，光剩下我、一个排长和一个通信员了。从火线上往回走，怎么也走不动。越走越没劲，光想不回来了，‘回去怎么交代呢？全连一百六十号人，就剩下这么三个，与其坐禁闭，还不如干脆自己把自己处置了……’脑瓜子光想这个，往牛角尖里越钻越窄。小通信员是个机灵人，他用两只眼睛盯着我，总催我：‘走啊连长。走吧，往前走吧。’后来他见我哗的把枪顶上子弹，更警惕起来，‘连长，你累了吧？’‘不累。’‘我看是累了，把手枪给我，我给你拿着吧。’他一面把手枪硬卡了过去，一面还给我做解释：‘走吧连长，咱们的人没有都伤亡了，有背伤号下去的，也有叫炮弹打散了的，他们都到前头去了，咱们走快点，到前头把他们收拢收拢……’后来我又想：伤亡大，是敌人火力太强，我指挥上没有错误，也没有表现草鸡，人们都是看见了的。于是才大胆起来。通信员见我走得有了劲，才快乐地说：‘连长，你现在思想打通了。’

“回到202高地，上级和同志们见了我，那股亲热劲儿，就不用提了，大家流着泪，攥住手了半天不放……”

130. 不怕死的不得死

贵州小战士李四桂，昨夜又梦见打上了松树包。

敌人都被打死了，满地尽是枪，捡起一支是坏的，再捡起一支还是坏的。想要捉个连长立立功，又一想，松树包敌人没有连长，只有一个排长。没有办法，捡一条好些的卡宾枪回去玩玩儿吧。

李四桂满心只想立功，他说："你看，苏联一个机枪射手立了功，我们都知道。我们要拿下松树包，人们就会说，这是哪连哪排拿下的，某某某怎样怎样，北京也给广播三天。一个人凭的就是荣誉，死了都是光荣的。"

他一再说一个道理：不怕死就永不得死，怕死的非死不可。"你想，怕死的动作慢，不能争取先机，好阵地被敌人抢先得去，你还能不叫打死？我不怕死的不等敌人抬头，上去把敌人摁住啦，他发扬不了火力，开不得枪，你怎么会死呢？！"

131. 自己炸死了

战士小陈冲上山去，枪里子弹打光了，只剩个手榴弹。忽看见敌人一军官，他一举手榴弹，敌军官给他一手枪，但未打中。小陈把手榴弹投出去，敌军官一跑，踩着地雷，崩死了。回来时，小陈特别高兴："他碰上自己的地雷炸死，比我打死他还兴奋哩！"

132. 弱人当了指挥

609团4连小战士薛世忠自述：

“我身体弱，班长担心我冲锋时掉队。我说：‘班长，我写个决心书吧。’就写了交给他。

“冲锋后，我班不少人‘困’倒了，剩我们三个人。我想：我写了决心书，剩一个也得上去，如今还有三个，怕啥？再爬上去，那两个也负了伤。我说：‘报仇，上！’过了交通沟，又踩着铁丝网往里爬。碰着地堡，敌人打两个手榴弹过来，我不理它。敌人以为我死了，不再打。我掏出手雷，试了试，怕投不到，就又向上爬了几步。又打来两个手榴弹，我拉下栓，打过去一手雷，炸毁了这个地堡。再往前发展，照明弹亮了，眼见一个敌人把脑袋伸出来，戴个钢盔。我打去一枪，他缩了头。可我的枪拉不开栓了，就又拿个手雷爬过去，从射口塞入地堡，轰一家伙，里头一挺机枪两个人全哑了。这时，我们的炮砸过来。我见前后都没有人，赶忙钻入地堡，戴上钢盔，拿起一支‘八粒快’，可‘八粒快’也拉不开栓，机枪也是打坏了的。

“不大一会儿，于友江三个上来了，要向我打手榴弹，我忙叫喊，大家才认出来。

“我们四个又攻到一处掩蔽部，从天窗口投进手雷，解决了一个连部：里头有电话机、步行机，死尸下压着毯子。于友江找到一门六〇炮。我指挥他调转炮口，打炮。这时，我便代理班长，指挥作战了。”

133. 抓个傻俘虏

杨昌贵是个担架员，手里没有枪，就提着两个手榴弹也跟了上去。上去之后，他见战士们一下解决了六七个地堡，不由得眼馋，忽然看见地堡中钻出一个敌人，手里也提个手榴弹，僵在那里，像是吓呆了。杨昌贵喊他："站住！"他也喊："站住！"杨昌贵做手势叫他把手榴弹丢到沟外去，俘虏就把手榴弹丢到自己脚下。杨昌贵上去和他握手，他笑呵呵地也跟着握。杨昌贵让他举起手来，给他裹上伤，就把这个傻里傻气的家伙押了下来。

134. 得了四条经验

战斗组长梅顾文带的是第一突击组，他们踏着炮火的音乐前进。我们有三分钟炮火集速射，他二分半钟就从白雪山冲出；二十公尺后，第二小组冲出；又二十公尺后，第三小组冲出。

梅顾文小组碰着第一个地堡，想迂回敌人，结果伤了两个人。他立即发现敌人“倒打火”很密集，正面射口倒少，于是带另一战士正面攻击，一个掩护，一个爆破，很快地把地堡炸毁了。他一发现敌人，就拿冲锋枪扫，敌人缩进工事不敢露头，另一战士上去，手雷一投，立即解决。这样，他二人搞掉了七八个地堡。

战斗下来，梅顾文总结了四条经验：

“第一，敌人专为对付我们的迂回，设了‘倒打火’，正面工事反而薄弱，所以必须灵活，这时适宜正面攻击。

“第二，敌人斗志不强，一打就缩入工事，且互不支援，正该一人掩护，一人去打。先把敌人逼入工事，然后扑上去炸他在洞子里。

“第三，不能暴露指挥。敌人净找我指挥官打，我一摆手，敌人连打我好几枪。后来再指挥，我就尽量低姿式，伏着摆手，避免叫喊。

“第四，借炮弹的光亮看敌人，看准了，天一黑，马上上去打。亮时，敌在明处，我在暗处；打时，我在明处，敌在暗处，但动作快，他就看不准了。”

135. “比平时做科目还简单哩”

18岁战士张寿安，自述打方形山经过：

“打炮之前，我们乘着黑夜，摸上敌人山头，看得清清楚楚的，敌人叉个腰杆在那里望，好像要发觉我们。啪，敌人打一个照明弹在天上，接着打来一个手榴弹，我头上和腿上都负了伤，都不重。我想：只能往前不能向后，牺牲了也是有价值的。就用冲锋枪一阵扫。忽的一颗炮弹过来，炸起一大团烟雾，我就低姿势钻进烟雾，往上爬过去，恰好撞见一个地堡，就赶忙往里塞一个手榴弹，听得里面还有人动，就又塞一个进去，听不到响了，但我还是又塞一个进去。

“后面的人都跟上来了，往前再一冲，就是敌人的集团工事，机枪正封锁我们的山梁梁，叫人恼火。因为正面是他的射口，我就从右面绕过去，两个敌人朝我打‘八粒快’，叭叭叭叭，没有把我打中。我就用冲锋枪一扫。敌人好大个个子，比我高一头，我七八发子弹过去，把他帽子打飞，滚下山沟沟去了。还有个倒下的，也不见起来。我从侧面迅速爬上敌人火力点，敌人吓得钻了洞子，我就塞个手榴弹，里面机枪还在叫，我又塞一个进去，不响了。我奓着胆子往里摸，摸了两三公尺，还没有摸到机枪，后面的人已经跟上来搜索，我便又忙着向前发展。

“突然一想，我一个人朝前跑，小小的个子，别叫敌人抓了俘虏啊！这时候2班长上来了，我才又上去，打了一个猫耳洞，打得里面燃烧起来，冒的烟都是毯子味儿。

“敌人一架步行机，距我二十多公尺，天线的棍棍儿都看见了。我们的步行机也距我二十多公尺，正被敌人的机子干扰，我听步行机员说：‘打他个狗崽！打他个狗崽！’我就打过去两个手榴弹，敌人的机子不见了，不晓得打死了还是怎么。

“打到南头，遇见9班的黄忠良，我两个伏在凹部，敌人上来一个班反扑，子弹打得噗噗的，尽些曳光弹，六〇炮也前后直落。黄忠良伸出头看，我告诉他姿势低些，便用冲锋枪扫。

“我俩共打倒七个，把敌人打退了。都是我扫冲锋枪，他就甩手榴弹；他扫冲锋枪，我就甩手榴弹，比平时做科目还简单哩。

“不一会，就听到后面的人说：‘收操！收操！’我两个下来时，方形山上已经没有人了。半路上，碰见两个亡号，我个子太小，又负了伤，扛不动，就同黄忠良两个往下抬。抬完一个，再抬一个。阶级弟兄，一个也不能丢！”

136. 和敌人一起被扫死

“……敌人第三次反扑，其伤亡较大，所以第四次上来得很慢。我们总想抓他个俘虏，急得不等他放开了往上冲，就迎头冲了下去，打得敌人吱哇乱叫。李凤才听见敌人伤号在哭，便跑着下去抓他。不提防敌人打来一个手榴弹，把他炸伤。副排长正派人去救他，敌人猛一个反冲锋，双方混在了一起。人们看见李凤才突地站起来，与敌摔开跤了，结果敌人又上来半个班，他们开动机枪，把李凤才和他们自己的两个人一起扫死了。”

137. “你敢？”

“那天是四月二十八，‘第五次战役’刚开始五六天。我驾着卡车往前送弹药，大桥早就叫敌人炸断了，走小桥不保险，不如就走河里吧。不想把车‘窝’在沙子里，怎么拱也拱不出来，再往前拱了一下，遇着一颗定时炸弹。这时，两岸都堆了好几辆车，都怕定时炸弹炸了，谁也不敢过。我说：‘我去把它抱走。’别人说：‘你敢？’我说：‘你看我敢不敢？’我想：我不动它头上的引信，总不至于响了，又不是戳在地上，就那么平摆着，怕啥？我过去抱了抱尾部，挺沉，抱不动。就又双手抱它的中腰，别人喊：‘小心点儿，响了!’我说：‘不要紧，看着吧！’一憋气抱出几十公尺，扔在小河沟里了，始终没有响。两岸的车这才都过去了，我为这立了个二等功。”

138. 一脚踢活了

小鬼战士蒋海告诉人们：

“战场上的英国鬼子有一条：只要把他打垮了，捉俘虏是很老实的。上一次，我从一死鬼子身上解下一只手表，又围他转了两圈，觉得甚是奇怪：他身上一点儿伤也没有，如何便死了？便猛踢了他一脚，不想把那家伙踢活了，还是个排长。他旁边还有个死尸，另一战士伸手去鹰钩鼻子底下试他死活时，不提防那家伙伸出手来，战士以为他要打人，却是要同我们握手。

“另一个负了伤的英国战俘，同我们的伤号躺在一起，担架上来了，战士们拉他，让他上担架，他却拉拉我之伤员，让我们先上，很讲礼貌。在往下带那些完好的俘虏时，他们也格外听话。如正逢敌人打炮，俘虏竟和我们战士互助：他栽倒了，我们拉他起来；战士栽倒了，俘虏也拉我们。在过炮火封锁区时，战士督促他们快走，告诉他们炮弹快来了：‘次——空！次——空！’俘虏们就往后拍巴掌，联络后头跑快点。”

139. 用朝鲜话喊

“我是5班长，叫陈文信。战斗任务给了我们班，出发前，人们激动得睡不着觉，有个战士就唱着歌说：

100（高地）上头的敌人哎，
做好梦的，
给我当俘虏；
做坏梦的，
给我子弹头当俘虏！

“在接敌运动中，战士赵成义咳嗽。我说：‘5班不缺你，回去吧！’他立即说：‘班长，就是憋死，我也不咳嗽了！’果然，他憋得小脸通红，下蛋的鸡似的，也没有再咳嗽。

“炮火急袭以后，我们往前一冲，先遇见铁丝网，只炸开了一个小口，我带头一蹿，过去了，同志们可就有许多挂烂肉的。

“迎面敌人一个地堡，打出机枪来，我想起了战术，把手往下一压，全班就都趴下了。我一举手，一气把三个手榴弹投进地堡射口。接着一冲，绕到地堡入口，探头一看，有十来个人在里头趴着。我扔一个手榴弹进去，就喊：‘八厘卡加！’可敌人跟狗似的，一点不动，我说：‘这群王八蛋！吓昏了！’就叫个会朝鲜话的喊：‘不出来算了，把你们“损坏”在里边！’一下喊出来五个，别的还是不出来。我就一连气又投进七个手榴弹去。

“这一仗，我5班缴获卡宾枪、‘八粒快’各四支，轻机枪一挺，报话机两台，望远镜一架，抓回五个俘虏，我一人崩死八个敌人。”

140. 把迫击炮弹抱在怀里

步行机员黄万庆说：

“战前，我们步行机小组的准备工作是充足的：天线怕断了，多带上三四根，又背了两块新电池。我们共同的决心是：一人在，机器在；机器在，就保证联络畅通；机器全坏了，我们徒步传达。

“敌人连攻两个钟头，忽见步兵同志们往下跑，身上都血淋淋的。呼啦，敌人上来一大堆，把一部分阵地占去了。我叫两个同志守机器，我就掏坑道。一会儿，3排长下来了，腿负了伤，问他怎样，他说不要紧，没伤着骨头。他草草包扎了一下，就又钻出去了，一下子脸又被炸伤。此时，敌人又冲上来，步行机两个同志牺牲。我往外一探头，好家伙，敌人已经压顶，手榴弹嗖嗖地投过来，却没有投进坑道，不然我也完了。可是，忽有个鸭子嘴手榴弹滚到我跟前，趁它还没炸，我又投回去，竟把敌人炸跑了。我正想反击出去，弄几个手榴弹好守住坑道口，恰好1班上来了，暂时解了围。

“可是，1班同志很快大部伤亡，我就往后头联系，要求援兵。上级说：‘援兵已经派出两个班。’可我们没见着，原来被阻在121（高地），下不来。我跟排长说：‘我去联络援兵，带他们下来。’排长不让去，说：‘你一去就回不来了。还是再找找手榴弹，好坏把坑道守住。’我在坑道里翻了翻，真翻着两个手榴弹，可是不敢往外投，一投就大空手了。此时，呼隆隆又一阵炮响，敌人又要冲锋了。我就拿个迫击炮弹，戴上引信帽，同机器抱在怀里。敌人上来，我就把迫击炮弹往机器上一戳，大家拉倒！可敌人一时还没攻上来。我就又同后头联络。上级说：‘你放心，坚决守住，别的不能说了，你自能明白。’我也说：‘请首长放心，有一口气，我就能坚持！’首长又让我与反击部队联络，提醒了我别吃了自己人的手榴弹。这时，敌人的手榴弹乒乓乒乓摔进来，冒的烟恶苦，特别呛人。没过三分钟，我们的炮响了，3连的同志攻上来了，再晚一点，我可真完了。”

141. “甭管我了！”

班长徐建修，率本班冲到一地堡，对战士们说：“我先下去，你们听见‘八粒快’响，听不见转盘机响，就甭管我了，只管往里塞六〇长弹！”

142. 为什么没抓着活的

战士朱贻晓，临战受到文工队员的演唱慰问，他当面表态："一定要抓个俘虏、缴一支枪回来。"可在战场上，他刚下洞去抓俘虏，却叫另一头投下的爆破筒震昏了，醒过来时，腿上负了伤，而俘虏已为别人抓净，他只缴到一支步枪。

回到阵地上，人们给他包扎，他推开人们说："不忙，我先得找着老田（文工队员），说说我为什么没抓到活的……"

143. “新兵！冲吧！”

排长带队偷偷地往前摸，有个战士与敌遭遇，乒的挨了一枪。该战士喊：“排长，新兵！冲吧！”就带头冲上去了。他凭什么断定敌人是新兵？因为他见敌人的枪打到天上去了。

144. 突然害怕了

新战士黄秀康和老战士张管儿，同属于第二战斗小组，二人订了保带包打合同。打上42号高地之后，又插上主峰。这时，战斗小组长与班长联络，班长让第二战斗小组从山上往下压，压到交通壕，再与班长对头打。二组组长回到主峰，却不见了一对新老战士，原来他们自动往下压了。他们半路上碰见三个敌人，张管儿就问："是谁？"忽然啪一枪，把张管儿打牺牲了。黄秀康一见，顶杆一拉，哗一梭子扫死了两个，另一个逃入交通壕。黄秀康又投去一颗手榴弹，把他也炸死，于是缴获了一支"八粒快"、一支自动步。可是，他突然害怕起来：老同志一个也没有了，可怎么办呢？可是，敌人又上来了，他就把缴获的武器堆在脚下，坚决抵抗。到把敌人打跑，他又害怕起来，弄不清该干什么好。恰好班长寻来，他像孩子见了亲娘一样，向前一扑道："班长，老张打牺牲了！"班长抱住他说："不要紧，我来了！……你哪儿来的这些武器呀？"小黄这才说："我缴的啊！"

145. “剪了太枉费！”

9连通信员小董，在火线上，突然一块炮弹皮从他的前胸打入。人们问：“你负伤了吗？”他道：“没有。”

可他的脸逐渐苍白，人们说：“你一定负伤了！”他伸手进棉衣去摸，还是摇头。指导员把他的手强拔出来，已是满手鲜血，便命令他赶快包扎。解开他的棉衣和衬衣，露出祖国人民慰劳的白背心，上面鲜明地印着“抗美援朝 祖国人民慰问团赠”。卫生员抄起剪子要剪，小董急忙说：“慢着，我还是脱吧，祖国人民的东西，剪了太枉费！”

146. 活的伤老美

“我们炊事班，又要给火线送水送饭，又要从火线上往下运伤员，很忙活。正巧，1排副搞来个伤老美。这老美，一脸胡子，伤得很不轻，1排副叫我们抬下去，交给上级。结果抬到半路，炊事员们要把他扣在壕沟里埋了，好给中朝人民报报仇。我是副班长，说：‘不行，咱有政策，埋了是犯错误。’炊事员们说：‘管他哩，别人又不知道。’我说：‘别，别，下次再有了再埋，这次先抬下去。好容易弄个活的，别在咱们手里废了！’

“刚把他抬下去，又上来，正巧又弄来一个伤老美，连长又叫往下抬。我问连长：‘埋了他行吗？’连长说：‘不行！’‘路上他要死了哩？’‘不碍，刚才他还坐起来抽烟哩。’‘要叫炮弹炸死了呢？’‘那就找个清净地方，好好埋了他。’我们抬到半路，炊事员就非埋他不行了。我说：‘埋了要犯错误，政策不能破坏！’

“炊事员们为什么坚持非要埋老美呢？就因为初入朝时，进行仇美教育，说老美怎么糟害人民、杀人放火、狂轰滥炸，弄得朝鲜遍地废墟，百姓流离失所，引起人们很大愤慨。我就说：

‘美国鬼子真是可恨，要逮住他们，非活埋了不可。’这次，真弄住了两个活老美，我又不叫埋了。当时，炊事员就给我提意见，说：‘叫埋也是你，不叫埋也是你，说话不算话！’但我还是说：‘上级要弄个活材料，埋了就连活材料也毁了，还是往下抬吧！’死说活说，到底把老美抬下来了。”

147. 常青松树

战士吴作友，负重伤，双目失明，他不下火线，抱根爆破筒，与敌同归于尽。战友们把他埋在一棵松树下，树身上拿刀刻上他的名字。后来，阵地撤守，过了两夜，部队又反击回来，见该树已被炮弹炸断。山上树木都打光了，它也只剩下半截残根，但吴作友的名字还完整。战士们就地锯木盖工事，但没有一个人去锯这棵树。有一名战士用自己棉衣里的棉花，把树上“吴作友”三字包扎好，祷念它来年后发出新芽来。